# 幻影歌劇 -komische oper-

-綺想曲-

米川明
烏綠

Since 1743

CONTENTS

# Komische Oper.

## Dritter Aufzug: Capriccio

-第三幕　綺想曲-


-第一章-000-00005-
-第二章-000-00029-
-第三章-000-00047-
-第四章-000-00065-
-第五章-000-00091-
-第六章-000-00109-
-第七章-000-00129-
-第八章-000-00151-
-第九章-000-00185-
-第十章-000-00221-

## - Komische Oper -

# DRITTER AUFZUG: CAPRICCIO

### Act Three
### 綺想曲

# 第一章 綺想曲

## Erster Aufzug：Capriccio

瀰天大霧依舊如往常一樣散佈在科米希，這座奇異詼諧、又有點不尋常的歌劇之城。

天色漸暗，夕陽染紅了白霧，使得這座城市到處都是一片薄紅色的霧氣。如果陷在這樣的濃霧之中，不只找不出正確的方向，彷彿連人心都會跟著迷失。

銀白透明的霧吞噬著城市街道，與空氣相互融合，讓氣溫像凝結般的靜止。遠方街上逐漸傳來男子踩響石子地的腳步聲，聽起來雖然規律，卻也充斥一股冰冷的壓迫感。

當說書人一路從遙遠的弗蘭肯，輾轉回到科米希那條充滿濃霧的大街，卻因為季默說的話，腳步開始沉重。

「當你越想得到好結局，你越是得不到，別傻了。」

那句話沉甸甸地壓在說書人心頭，他沒想到季默的聲音跟他本人一樣，喜歡把折磨人的興趣當成一種美德，一種娛樂。

「你想得到愛，想過正常人的生活？從那一天之後，你就不是原來的你了。這副軀體，以及你的生命，都是我給你的……」

說書人無法壓下身體裡那些憤怒的負面情緒，毫無意識的想著季默的臉，想把所有難聽至極的粗口加諸在他身上。

說書人反覆問著自己，為何今天如此容易失常，是那個人的關係嗎？他沒辦法控制自己的思緒散亂，隨著這些想像，他覺得自己全身的血液都在沸騰。他的眼前一熱，唇下不禁呼出冰冷的白霧，並下意識用手撥開霧氣。

眼前的景色越來越模糊，彷彿眼前成了一片白色霧牆。

說書人揉揉眼睛，還以為是自己太累了。他很少會覺得疲憊，這種情形對他而言還真是少有的體驗。

雖不願承認，但是說書人知道自己受了季默那些話的影響，意識受到衝擊與刺激，胸間一口氣提不上來，連呼吸都變得困難。

他用力抿著唇，越是想厭棄地拋開匯集在眼前的思緒，就越是拋不開，就連季默那尖銳的笑聲，也像鬼魅一樣如影隨行。

夠了！他已經跟季默沒有任何關係，因為他再也不想體會到那種刺入骨髓的心痛了！

說書人在內心一遍遍吼著，他僵硬著全身，無法離開原地半步，腳下彷彿被釘在這條散滿大霧的街道。他的心感到徬徨，不知道何處才是自己的歸屬。

他深吸口氣，重新觀察眼前的景象，心想這陣霧氣已經擴散到整座城市，他最好趕快找到可以投宿的旅館，要不就得在外面過夜了。

說書人一邊想，一邊折過一條巷子的轉角，接著與另一個模糊的黑影相撞。

「你是哪個道上的，居然敢撞我這個赫赫有名的安琴小姐？知不知道城裡的小孩光是聽到我的腳步聲，就嚇得不敢哭啊！」

來人氣憤地朝說書人吼了一聲。

說書人因為心裡疲憊，並不想理會隔在濃霧的另一端聲音。但是當她說出自己的名字，說書人卻突然對這名字有點似曾相識。

「安琴。」說書人照著唸了一次。

「對啦，本小姐就叫安琴，你有什麼不滿嗎？」

人影伴著粗重的踩地聲掙穿濃霧，一張充滿生氣的少女臉頰突然間冒了出來。

說書人因為近距離見到少女的容貌，他習慣性的退了一步，與對方拉開距離並且沉默地注視她。

少女頭上戴著一條白色繡花頭巾，微捲的棕色長髮柔軟地披在肩上，她穿著一套深紅色長裙，是個隨處可見的少女。

兩人面對面站著，彼此陷進一種靜默不語的氣氛，任憑混雜的大霧再次遮斷他們的視線。

過了一會，叫做安琴的少女像是想到什麼似的，指著他的臉大叫：「你是上次那個……您是那位了不起的說書人先生吧？」

說書人錯愕的看著安琴，他挑起俊秀的眉，顯露出一臉驚奇與不可置信的表情說道：「在下不記得何時多了一個了不起的稱號。」

安琴慌張著急的解釋道：「是我自己想這樣讚美您！知道嗎，上次見識到您向哈來頓經理說理，讓他劃了一個好位子給我們……從那時候，我就覺得您真是一個低調，又了不起的人！」

「是嗎？」說書人口氣淡然。

安琴突然把身體靠向說書人面前，困惑的看著他，「您的氣色似乎不太好，怎麼了？」

說書人被她的舉動弄得有些錯愕，卻不著痕跡地換上一個禮貌的微笑表情，他微傾著臉，點點頭說：「在下只是不忍見任何人被剝奪欣賞戲劇的機會。話雖如此，我

卻對妳沒有印象……我們也許見過面，但是不管如何，請妳叫我說書人吧，安琴小姐。」

安琴像倒吸口氣的牛蛙『咕嘟』一聲，鼓起兩邊臉頰，兩手忙亂的懸在半空不停亂動。

「說、說說說書人……不行啦，我會害羞！」

「害羞？也許是吧，不過妳再不呼吸的話，很快就沒氣囉。」說書人一臉冷淡的說出捉弄人的話，以致他看起來有種冷面笑匠的模樣。

安琴見狀便拚命點頭，然後張開閉緊的嘴，吐了一口氣，急急朝說書人彎腰鞠躬。

不知道是不是她不常做這些事，所以行禮的舉止看起來有點笨拙。

「對、對不起，我太緊張了……哎唷，您真是健忘，上次在喜歌劇院，我跟恩斯特不小心撞到您，您不但不介意，還幫我們找位子……後來我們想跟您打招呼，卻發現您只停留一陣子又離開了，真是好可惜啊！雖然歌劇院那天發生很奇怪的意外，不過，我馬上就聽到哈來頓經理喚您說書人，因此才知道您的名字！」

「原來如此……所以妳知道我的名字，可又沒與我正面接觸過……是這個意思嗎？」

安琴用力點頭的表情看起來認真又可愛，「雖然恩斯特說您的名字很奇怪，但是我才不管他呢，我就是喜歡您……我是說，喜歡您的名字！您可千萬別被我嚇到了喔，我講得不太好，但在我心中對您可是非常尊敬的！」

說書人默默聽著安琴那些詞不達意的場面話，他心想，當每次的歌劇效應消失後，絕不可能還有人記得他……但是這個姑娘居然知道他的名字，實在太詭異了。說書人觀察安琴，轉念一想，也許他們接觸的時間並不長，以致歌劇效應的力量並未在安琴身上發生效力。

是說，從這裡到投宿的旅館實在太遠了，他何不利用這個機會，向安琴求得一宿？

安琴沒注意說書人異常的沉默，依然自顧自的打招呼，「哎，我是不是撞傷您

了?我剛才那套說詞是為了保護我自己啦，您不知道這城裡好多壞人……恩斯特常常教我這樣說，壞人就會怕得逃掉了……其、其、其實……我從來都沒說過這種話哦。」

說書人淡然地說：「妳說起來很流利的樣子。」

安琴受驚的掩臉，「沒有啦！真的不是您所想的那樣子，不是啦！」

「妳真可愛。」

說書人沒有心機的讚美著，同時把安琴害羞的模樣看進眼底，不禁將面前少女的臉，套上另一張他所熟悉的少女臉孔。

那張臉有著明亮的眼睛，白嫩的肌膚，當少女溫軟的甜音再度縈繞耳邊，他總以為已經逝去的「她」，又再度出現在自己眼前。

不行，別想了，不管他再多麼想念，她都不會再回到陽世了。

「說書人？」安琴見說書人話沒說幾句就一臉出神的樣子，好像心事重重，令她有些擔心的看著他。

「怎麼了嗎？」

「不！沒、沒有，只是在想你提著箱子，不知道要上哪去？」安琴問。

說書人正要回答的時候，他手上的皮箱突然發出一陣劇烈的晃動，緊接著傳來一種像是鳥類的叫聲。

這幕景象令安琴嚇了一大跳。

「這裡面是什麼東西？」

「安琴小姐，妳想見識一下皮箱內的魔術嗎？剛好有這個機會，讓我為妳表演一下。」說書人溫柔且神秘的對她笑道，然後用力壓下皮箱的銀色壓釦，讓箱子的開口朝著安琴。

當他花了一點時間打開整個皮箱，一道黃褐色的不明物體便隨著數本小說與各式道具彈飛而出。

安琴眨著眼睛，吃驚的大呼出聲，她還來不及抱頭避開這個從天而降的災難，隨即被那個從皮箱竄出的東西撲了過來。

「這是什麼東西！好可怕啊！嚇死我了！」

「別急，也別害怕。」說書人安撫地說：「放開妳的心，看看牠是什麼東西？」

安琴感覺到耳邊擦過說書人極有魅力的低沉聲嗓，驚慌的心情不禁平復不少，同時她感到懷裡似乎多了一個軟綿綿又有溫度的小東西。安琴低頭一看，發現那居然是一隻鳥，一隻有著暗棕黃羽色，全身長滿柔軟、蓬鬆羽毛的貓頭鷹。

這隻貓頭鷹不似一般成鳥的大小，但又適合抱在懷裡。牠看起來非常有靈性，一發現安琴的目光，立即將明亮的大眼睛對著她，以充滿好奇的模樣朝安琴咕咕咕地叫了起來。

「嗚哇！牠好像在對我撒嬌呢！」

說書人站在一旁，以安靜而溫柔的微笑說道：「牠看起來並不討厭妳喔，安琴小姐。我所養的這隻貓頭鷹十分獨立，不易親近外人，但是牠卻願意停留在妳懷裡，沒有飛走……可見牠對妳有某種程度的好感。」

聞言，安琴一臉驚喜地笑了，「咦？真的嗎，好開心呀！請問您為什麼會有這隻

貓頭鷹呢？」

「是這樣的，在我的家鄉一帶，貓頭鷹在當地有信使與智慧的象徵。有時候，我需要牠幫忙送信就會放牠出去，不然平常牠都待在箱子裡面，很少出聲。」說書人停頓片刻後，又說：「希望剛才牠鬧性子的時候，沒把妳給嚇壞了，牠大概悶得受不了，想出來透透氣才會情緒暴躁，平常牠性格很溫馴的。」

「牠一直待在箱子裡面？一般的貓頭鷹不都是待在鳥籠嗎？」安琴頗為好奇地注視說書人的皮箱。

「安琴小姐，妳何苦執著研究牠的住處呢？也許牠存在於另一個世界，只不過用這只箱子做為往返兩個世界的媒介罷了。」

安琴再度見到說書人那種客氣卻難以親近的神情，她被他神秘的氣質吸引得不能自拔，但又極愛聽他低沉的聲音。

「您是說那個有狼人、吸血鬼、魔女、天使、魔鬼的世界嗎？」

「妳有興趣？」說書人問。

「有，有啊！我很有興趣！非常有興趣！」安琴抱著貓頭鷹，努力地將認真的目光投送進說書人眼底。

只有在這種時候，她才會想起平日母親和奶媽是怎樣教導她做一個文靜溫柔的淑女，又該怎麼裝出一副端莊的姿態，好吸引男人的注意。但是，安琴忘了自己曾經對朋友說過「只有笨蛋和傻瓜才會相信幽靈鬼魅的傳說」，還一臉無知嬌弱的模樣，深怕說書人沒有注意到她。

其實安琴真是多慮了，說書人不只看到她明亮水潤的害羞眼神，還感受到面前少女的迫切神情。他之所以沉默，只是因為花了一點時間思考該如何找話題，好順利讓安琴邀請他回家作客罷了。

「這麼說來，我還沒告訴妳貓頭鷹的名字……牠叫做約伯，意思就是上帝誠信的跟隨者，不管上帝給牠什麼試練，始終都能相信祂。」

「原來如此。」安琴輕輕點頭，發現說書人朝她懷裡的約伯吹了一聲口哨，做出兩指併合的手勢，約伯隨即振動雙翼，乖巧地飛到說書人手上。

貓頭鷹拍動柔軟的羽毛，發出幾聲鳥叫之後，又變回原有的安靜。

在牠剛才那段短暫迅速且安靜的飛行之中，絲毫不發出任何吵雜的聲響。牠的模樣看起來高貴沉穩，有如主人那副神態，加上牠黃褐色的美麗羽毛，與說書人構成了一幅最美好的圖畫。

安琴羨慕地看著一人一鳥，她跑到說書人身邊，似是發現什麼，「啊！我現在才看到在您左邊衣領別著一根羽毛……難道這是約伯的羽毛嗎？」

「這是牠的羽毛，有時當我說書，會習慣性的把它當成道具使用，它讓我有一種特別、不凡的感覺。」說書人簡潔地解釋。

安琴緊抿著嘴，思考接下來要說什麼。現在的氣氛有點微妙，她再不多說一點話，也許就留不住對方了。

說書人用祈求的眼神看著安琴，說道：「安琴小姐，城裡霧大，走在路上很容易迷路，我送妳回家好嗎？」

不曉得是說書人特意流露男性魅力，或者是安琴過於緊張，她被說書人的眼神看

得很不自在。

安琴用力點頭，「上次我跟舒赫伯爵說起您的事，我……不，我們早就想請您到家裡作客……如果您不嫌棄，要不要到我家呢？」

她使勁的拉著說書人的袖子，一點也沒發覺說書人早已經隨著她移動腳步。

「舒赫伯爵？」他問。

「是的！伯爵喜歡很有意思的事，他上次沒去喜歌劇院看戲，又聽說發生魔鬼的惡作劇一事，已經很懊惱了，這次我非要把您帶給伯爵瞧瞧！走吧！伯爵住在一幢擁有美麗花園的洋館，您會喜歡的！」

說書人點頭假裝回應，不過他根本不想知道這些事。他所希冀的，不過是一夜好眠罷了。畢竟他從弗蘭肯回到科米希，也走了好一大段路，現在已是身心疲憊的時候，實在無心去管別人的私事。

在安琴半推半拉的領他去伯爵的豪宅後，說書人發現，舒赫伯爵的家果然如安琴述說的一樣，是幢有著噴泉庭園與美麗花園的洋館。

說書人跟隨著安琴走進洋館大門，當他面前出現那些身著華服的貴族與男女侍者，以及隨處可看到的古典壁飾，隨即見識到不輸給皇帝行館的華美殿堂。

進到洋館大廳，說書人神情優雅的向伯爵問候，「您好，黎瑞・契爾氏・馮・舒赫伯爵，很榮幸拜見您的尊容。」

見說書人不凡的氣度、英挺的外貌，連舒赫伯爵也對說書人印象極佳，並難掩好奇心的問：「聽說你很出名！先是在喜歌劇院拯救因意外被困在地下室的歌劇院管理人，又為了狩獵魔女事件大鬧宮廷與城市廣場！人人都在談論能說神奇故事的遮髮男子，想不到我這麼幸運，竟能迎接傳說中的貴客上門！」

「閣下，這是我的榮幸。」

說書人事先從安琴那裡得知，她把一切事情都向伯爵說明的經過，於是對舒赫伯爵這番說詞並不吃驚。

這位身材高壯的中年男子，有一頭濃密的黑髮及連著鬢髮的鬍子。他穿著一套墨綠色的罩衫披風，無袖的外套與絲織的襯衣，拿著寶石拐杖，腳上踩著舖有紅毯的地

板，整個人看起來一副就是貴族紳士的派頭。

「我聽安琴提及你的事，本來以為能接連惹怒博格男爵與皇帝陛下的男人，性格必定高傲，說不定相當目中無人！想不到你是有才德的好青年，我欣賞你！」

「謝謝伯爵讚美。我只是個四處飄泊的旅行藝人，我到任何地方都憑藉著一種緣份，請伯爵切勿聽信謠言。」

「你被趕出羅森城堡一事，也是謠言？」伯爵打趣地問。

說書人一臉苦笑，「在下承認確有此事，請您不要再追究了……不如讓我手上這隻貓頭鷹取悅您的心情！」

隨著說書人的揮臂動作，約伯聰明地振翅飛向舒赫伯爵，以牠滑溜溜的大眼睛與叫聲，逗得他哈哈大笑。

這時與父親羅蘭、伯爵公子恩斯特站在一起的安琴，壓抑不住她活潑的個性，走到伯爵面前讚美地說：「先生，您看我說的果然沒錯，這位說書人很有意思吧？」

「真有意思！不僅會說故事，還有一隻這麼討人喜歡的鳥，不曉得你還有什麼本事？」

說書人轉身環視洋館大廳周遭，赫然發現角落擺著一架純白色的鋼琴，這時他心生一計，提議地問：「閣下，那邊有架鋼琴。如果您不嫌棄，但願我能使用那架鋼琴，為您獻上一首樂曲！」

舒赫伯爵還沒有回答，安琴立刻點頭如搗蒜的同意道：「先生，您別再想了，快請說書人彈琴吧！平時恩斯特懶得彈，害那架鋼琴生了滿屋子的灰塵！」

另一個衣裝儒雅，被安琴稱為恩斯特的青年不滿道：「安琴，妳怎麼可以這樣說呢，我不是不練琴，而是把那些練習的時間拿去陪妳做看戲、寫小說、多管閒事之類的消遣！」

「恩斯特，你好煩喔！我出門才不要你陪呢，還不是你自己跟過來的！」

「安琴！不得無禮，我教過妳多少次說話要有禮貌！」

安琴的父親羅蘭怒瞪了女兒一眼，便對舒赫伯爵道歉的說：「對不起，舒赫伯爵！安琴這孩子如此粗俗，又有客人在這裡，我還是叫她回房間待著，才不會壞了大

家的興致！」

舒赫伯爵豪爽的笑道：「沒關係，我今天心情很好，安琴找來這麼有趣的人，可說是立了大功一件，我允許她今天可以說話沒大沒小！你別再這麼嚴肅了，放輕鬆一點！」

羅蘭管家見主子這麼相勸，只好接受這個安排。

說書人向伯爵行禮之後，走向大廳角落的白色鋼琴。

他拉開琴椅坐下，掀起琴蓋，沒有花太久的時間猶豫，十隻手指立即遊走在琴鍵上，他神情沉著，卻又不失優雅的氣息，令所有人不禁迷醉於他演奏的一首帶著哀愁感的樂曲之中。

由樂曲構成的世界，充滿懷念往日情懷的氣氛，聽似平淡憂鬱，在壓抑的樂段間，又散佈著演奏者的壓抑心聲，這便形成一個美好的想像畫面了！

安琴著迷的看著說書人的背影，見他修長手指的驅使下，那架鮮少有人彈奏的鋼琴竟能流洩出一首接一首的絕妙樂曲。

雖然她平日去過音樂廳的次數屈指可數，但此刻在她心中，任何一流的交響樂團首席或名鋼琴家，都比不上說書人彈奏的音樂。

見安琴一臉癡迷的聽著音樂，恩斯特雖然感到有些嫉妒與吃味，但也被說書人的音樂深深折服了。

在場的眾人，誰都為說書人練就一手的好琴技，感到訝異與震驚。

他彈琴的節奏並不快，自在的如同流水般悠閒緩慢，到了中途倏忽轉變，聽來哀愁沉重的中板，變成協調、反覆的進行曲節奏。直到結束第二樂章，詼諧、活潑的快板隨即登場，變化莫測，激烈得像黑夜之中響鳴的遠雷。

這時，說書人聽見身後眾人發出的讚嘆聲，一時表演慾高漲起來，情難自禁的彈奏出各式樂曲，不僅滿足眾人的聽覺世界，也滿足說書人久未發揮的彈奏技巧。

這種感覺讓他相當懷念，彷彿從前的他也是在這種被家人圍繞的感覺下演奏鋼琴。他記憶裡那個溫暖又可愛的家，雖然不似這幢洋館華美，但是他知道每當自己彈琴，他的家人就會聽得如癡如醉，彷彿正在聽從天上流洩而下的樂曲。

如果那個少女也在這裡的話，一定會在他結束演奏後，一臉又驚又喜的拍手，然後走到他身邊，讚美這首曲子彈得有多出神入化吧？

可惜，他已經聽不見她的聲音，再也聽不見了。

說書人想著，實在無法控制自己變得激昂的感情。當他好不容易壓制住這份心情，結束他個人的表演時間，已經是天黑入夜後的事了。

「非常抱歉，在下耽擱了各位的時間，這是我未曾預料的一場意外，請見諒。」說書人起身向眾人鞠躬致歉。

雖然他說話的語氣充滿歉然，但是從他自滿得意的臉色看起來，他根本不在乎自己的演奏是否帶給別人困擾，因為就在幾個小時前，他可是親手創造了一場成功的演奏會！

在場有個男子的神情，與眾人感動萬分的臉色並不相同——恩斯特雖然在前些時候對說書人竟然有如此絕妙的琴技而覺得吃驚，但是很快的，他立即掩飾起這種心情，還裝成自己一點也不受影響的模樣。

可其實他只是礙於自尊心，不願承認世上竟有如此魅力的男人，不僅讓自己深深迷醉，還因此擄去安琴專注的目光，害他感覺不太愉快。

「既然知道自己叮叮咚咚的彈個沒完，那還不罷手？我看根本就很享受被大家盯著看的感覺吧……」恩斯特不滿的小聲說道。

眾人彷彿沒聽見恩斯特的低語聲，依舊用欽羨的目光注視說書人。原本對說書人很有好感的安琴，更是一臉崇拜的看著他。

「厲害，說書人，你好厲害！最後那首曲子真好聽，叫什麼名字？」

「它是綺想曲，又名隨想曲，原是以小提琴演奏的曲目，我加以改編，用隨興的方式以鋼琴演奏，希望安琴小姐不要見怪。」

安琴聽說書人這番解釋的話語，加上他溫柔的目光，簡直讓她內心飄飄然的，似是飛上雲霄。

「我怎麼會見怪呢，這些曲子實在太美好了，我一定要給你鼓掌，你彈得太好了！」安琴說著便激動的拍手喝采，只差沒在大廳雀躍地歡欣跳舞！

「不客氣，這些只是簡單的入門曲，妳太誇獎了，但是……」說書人一臉微笑地低語道：「我知道妳會喜歡的，伊索德。」

安琴抬頭，困惑地看著說書人，「說書人，你在叫我的名字嗎？」

「我說了什麼嗎？不，我剛才並沒有說什麼。」說書人呼出一口氣，悄悄的問道：「我叫妳了嗎？」

安琴用力眨眼，發現說書人臉上顯出一種焦慮不安的神情，他的眼底不再有溫柔的光芒，它們彷彿都被剛才那個陌生的名字趕跑了。

說書人半張著嘴，臉色變得蒼白，直到安琴抬頭看他，說書人無法言語，卻吐出一道沉重的喘息聲。

「對不起……我很失禮，可以的話，請允許我在此過夜。」

「我看你今天就住在這裡，有什麼事明天再談！」

舒赫伯爵與羅蘭管家對看一眼，以為說書人太累，便喚侍女帶說書人去客房休息。

大廳上的人都知道，所有的事都要等到明天早晨再說，因為夜晚已經降臨在被大霧瀰漫的科米希市。

遺憾！就算月光也無法將濃霧驅逐，只能一再重複那個令人顫抖的夜晚。

# Dritter Aufzug : Capriccio

# 綺想曲　第二章

說書人被侍女引到樓上客房休息，他已經疲倦得快要發昏。直到他躺在床上，整個人便像跌入深邃的夢境般，深沉睡去。

他已經很久沒有在如此沉靜的氣氛之中睡眠，是歌劇之城獨有的氣氛，還是因為他無意識的喊出那個一直被他視為禁忌的名字呢？

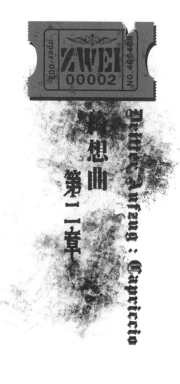

說書人承受不住精神與生理的雙重壓力，在一邊害怕著夢裡出現什麼不祥的預兆，一邊卻極為渴望獲得美夢的思緒之間，認輸的閉上雙眼。

城裡的氣候實在很差，除了瀰漫著的大霧，還有乾澀的風企圖從關緊的窗框吹進屋裡。它們攪亂原本美好的夢境，讓說書人平穩的氣息混亂，耳邊也跟著聽見可疑的幻覺。

『哥哥……哥哥啊……』

說書人在睡夢中聽見某種熟悉的悲痛呼喚聲響起，像討命似的一遍遍叫著。讓他除了覺得疲倦，還有更多的恐懼。

誰，是誰？

不……他一定記得，那聲宛如來自地獄的鬼魂淒厲的呼喚……是的，他感覺非常熟悉，那無論如何也忘不了的甜美聲音，如今卻變得喑啞無比。

少女的低聲，伴著陰冷的慘笑，用一種哀怨至極的聲調呼喚說書人。

一顆顆冷汗從說書人全身的毛細孔溢出，沾濕了裹著身軀的潔白襯衫與灰色長褲，它們一起緊緊糾纏著惡夢。

說書人已經忘了那是何時發生的事。但是，他知道那道哀聲是誰發出的。

『這裡好冷，冷到像冰刀割開我的血管……這裡好熱，熱到像火焰燒乾我的皮膚……』

『救救我……哥哥，把我從這裡帶走！你跟我約好要拯救我的靈魂，怎麼沒聽見我的呼喚？哥哥，快來救我！』

少女柔軟的喘息，像吸了一口充滿掙扎的氣息，吐出沉痛的尖叫，令說書人掙扎著清醒過來。

他把手背擱在額頭，眼神朦朧地看著天花板，腦袋一片昏沉，好像失去了短暫的記憶。

就算這樣，他卻一直記得夢中懷念無比的聲音，好像回到過去的美好時光。

這時候，說書人覺得悶熱無比，便用力拉開覆在身上的單薄被子，像掙扎似的張開眼睛。

他有些膽怯的看著四周，過了一會便坐在床上，巡視房裡簡潔的擺設。當他想起在昏沉之間見到的夢境，便禁不住喘息起來。

說書人小小聲的喊著他從來不信的上帝之名，像祈禱什麼似的低語。

就在剛才，他聽見那個少女的聲音，伴著淒慘的呼喊向他求助。

可是他的反應，居然像被一道可怕的夢魘糾纏不放，還嚇得驚醒過來。

『哥哥，你為什麼不來救我？為什麼眼睜睜的看我被魔鬼殺死？』

就是這道沙啞的柔聲，令說書人彷彿看見那個喚他哥哥的少女站在他面前，露出冷冷的笑容，好似責怪他的狠心與絕情。

夢裡的說書人伸手去抓少女的衣裙，卻發現她的身影漸漸消失，任他怎麼搆也搆不著了。

這是個永無休止的噩夢，它讓人無法逃離，它讓人必須面對自己心裡最大的沉痛，它只有絕望、悲傷、悔恨。

它是一個可怕的夢魘。即使我們在這個夢裡承認自己的錯誤，祈求被原諒……但是，它永遠不會給你救贖。

想到這裡，他突然從深淺不定的意識裡清醒了過來。

說書人的臉色有極不尋常的陰暗，惡夢浸淫在他的眼前，化成紛亂的記憶衝擊他的腦海——那是個痛苦的月圓之夜。

「不，伊索德，妳在哪裡？哥哥在找妳，一直在找妳……可是我怎麼找也找不到妳。原諒我，原諒哥哥，伊索德……」

男人臉上沾滿汗水，嘴邊充滿焦慮的囈語聲。當他交疊著不安與慚愧的情緒，沉重地湧上心頭，男人眼前盡是模糊不清的幻覺。

一行凝結得像是冰一樣的冷汗滑過說書人的臉頰，順勢而下，滴落在雪白的床舖，釋出藏在他內心的深刻恐懼。

說書人心思大亂，當他失去理性與判斷能力，就只能靠著本能去回想夢中少女的模樣，假裝她依然柔美如昔，就像朵白色的鈴蘭花。

即使這麼依戀的呼喚她也沒有用吧，他無法忘記伊索德臨死之前的眼神，她一定很恨他。

「妳聽見哥哥跟妳說話的聲音嗎？要是妳恨我，就儘管追隨我的靈魂吧，別讓我只在夢裡聽見妳的聲音……」

說書人把臉埋進攤開的手心裡，用沉痛的聲音一遍遍傾訴自己的哀傷。

他無法在這個陰冷的房間保持平靜，在崩潰前勉強維持的理性，就像被狂風吹滅的燭火那麼脆弱微小，幾乎沒有任何力量避開他所不願面對的事實。

說書人做了幾次深呼吸之後，他走下床拉開了窗簾，藉著窗外淡薄的月光照亮室內。

他看著黑夜，內心充滿著茫然若失的感情，好不容易藉著幻覺聽見伊索德的聲音，她又這樣離開他了。

在說書人思索消逝的夢境之時，他沒感覺到房門被無聲的打開，只是一心一意地沉浸在充滿罪惡的內疚感之中。

一盞柔和的火光拂亮黑暗的客房，說書人向後望去，看見安琴手裡拿著油燈，一臉擔心的看著他。

古銅色的燈具搖曳著微弱的燭光，它柔和地照亮少女白皙的臉孔。

安琴的神色相當憂慮，她站在門邊，想進房卻又不敢堂而皇之的走進來，只好眼巴巴的看著說書人。

「你做惡夢了嗎？我剛才聽到你的呻吟聲……我很擔心，所以進來看看你的情況。」她小心翼翼的聲音聽來有些忐忑不安，好像怕被說書人拒絕似的。

說書人皺著眉，搖搖頭，並未表示什麼回答。

兩人對望，容不下一絲絲聲音，當安琴抬頭看他，說書人用力吸氣，然後再次搖頭。

「你不想說嗎？你的樣子看起來好寂寞，聲音聽起來如此哀傷……這不是一個普通的惡夢吧？」

安琴再度詢問，接著鼓起勇氣看著說書人。

說書人沉默的走向床邊，取下領結夾，鬆開繫成蝴蝶結的紅色緞帶，將它們統統扔在床上，一副故意在少女面前寬衣解帶的樣子。

「哇……等一下，你若是要脫衣服，我就得離開房間了，不要脫！」安琴急忙叫著。

她看見他脫下左手的手套，要換到右手那一邊的時候，一道閃耀著鑽石般的銀色光輝，便從指套間滑擠而出，筆直地掉在地上。

說書人正要去撿，卻沒料到安琴的身影匆忙地跑過來，還搶先他一步，順手拾起那道光芒。

見安琴撿起他的銀色環戒，說書人不動聲色的注視她，並不急著要回戒指。

「好漂亮的戒指！這好像是兩枚環戒併在一起的造型，放在手裡並不覺得很特別，但是看你戴在手上，我就忍不住想向你要來戴戴看……」

安琴抬頭望見說書人一臉平靜的神色，彷彿對她說的話不感興趣，便道歉地說道：「對不起！其實我不是故意要煩你的啦，我只是想跟你說話……如果你討厭這樣，那我就把戒指還你，順便離開房間。」

說書人沒有說話，只是用點頭的方式勉強答應她。

「什麼，原來你早就想叫我走了啊。唉，好吧，我還你戒指……」

當安琴將戒指交還給說書人，她突然發現這枚環戒摸起來有微微鬆動的感覺，好像可以分成兩半似的。安琴沒多想，立刻以指尖輕輕旋開環戒，將分成一半的兩枚銀環夾在指間，讚嘆的說：「原來這是可以分開的，好別緻的東西！」

「安琴小姐。」說書人壓抑著不太愉快的臉色，或者，在一連串惡夢與現實的侵擾下，他沒有能使心情愉悅起來的力量，「請妳把戒指還我，然後給我一個安靜的空間。」

「不是啦，你看這裡有刻字！」安琴開心地打斷他的話，還把兩枚銀環湊到說書人面前，「這上面刻著三種不同的文字，但是刻得好潦草，不易辨認……說書人，這些文字是什麼意思？」

說書人見安琴反覆觀看戒指，於是神情兇狠的瞪著她，還把戒指從她手上搶回來，怒斥道：「妳不該對我有好奇心，更不該對我的過去有絲毫的興趣，它們不是什麼有趣的故事，不准妳喋喋不休的追問！」

安琴受驚的看著他，「對、對不起，我不知道不能看……可是，你為什麼如此生氣？」

說書人察覺到自己的失控，連忙收起憤怒的情緒，吃力的做了一個深呼吸，並以耐心與原諒的口氣說道：「抱歉，可以的話，我不希望妳追問我的故事。」

「為什麼？」

安琴仍然只有這句話，當場惹得說書人不快。

見說書人不發一語，安琴沮喪的低著頭，「好吧……你堅持不說，我也不能拿你怎麼樣。只是，說書人應該不是你的名字吧？我能不能知道你真正的名字？」

說書人察覺安琴想盡各種跟他交談的辦法，眼神深處閃爍著名為渴望的光芒，他看著看著，不禁笑了。

「唉，算了，今夜的我有點不太對勁，妳算是受驚了。」

他說：「我承認，我並不喜歡別人探究我的隱私，也不太知道如何安撫女性……但是我願意用我的故事做為害妳受驚的代價，安琴小姐，如果妳願意聽的話，請坐在床邊聽我說話。」

說書人朝安琴招手，指引她坐在床邊。其實他也不知道自己到底怎麼回事，向來

喜歡獨處的他，居然第一次有這種念頭……或許是安琴充滿關懷的問候，打動他石化的心。

安琴立即聽話的坐在床邊，她扭著雙手，看起來非常不安。

她見說書人緩緩坐下，手裡拿著環戒想事情出神的模樣，他挺直的鼻樑線條，令她心動不已。

「我想問你……像你這樣四處旅行有多久了？你不住在這個城市，卻始終停留在此處，難道有什麼原因嗎？」

說書人沒有說話，彷彿這個問題讓他覺得需要深思一下。過了一會，他才緩緩說道：「我不曉得。事實上，我已經忘了我過著雲遊四地，替人說故事維生的日子有多久，也許一年、三年、十年……也許連我自己都記不清楚了！我唯一記得的事情，就是要在某個城市找到我恨的人，並且殺了他。」

安琴睜大眼睛，一副因為面前男人說的話，露出了不可思議的神色。

「我很高興歲月並未在我身上刻下任何印記，唯有如此，我才能走過一座又一座

的城市，為了找尋仇家而活……就好像在我的生命中，只剩下不管如何也要將仇家親手殺死的念頭。」

說書人說到這裡，臉上平淡的表情綻出微笑的神色，「妳看到的我，外表似乎很年輕。但是妳絕想不到，我已經活了將近半個世紀之久。」

「怎麼可能？」安琴詫異道：「那個人對你做了什麼，你要如此恨他？」

說書人帶著慵懶的神情，對她笑了一笑。

他畢竟見過不少跟她反應相似的凡人，很難再有什麼激情的感覺。就連凡人最在意的生與死，他也淡然地一如眺望天空飄泊的雲影。

安琴不能理解說書人的沉默，便著急的看著他，問道：「好吧，這戒指到底有什麼意義，為何讓你如此重視呢？」

當說書人轉動戒指內側，光滑的亮面便映出「11.13 ,Freitag 」的雕刻字跡。他的嘴唇無聲的動著，彷彿在唸戒指刻著的文字。

「十一月十三日，星期五。」安琴靠了過去，好奇地問：「是生日嗎？」

說書人將另一枚戒指交給安琴，「上頭刻著的，是我與妹妹的名字。」

安琴接過戒指，像發現新大陸似的看著它，唸道：「伊索德・戴維安……啊，伊索德這個名字，就是你在大廳對我喊的名字！」

說書人喃喃地說：「這兩個戒指，是我的父母留給我和妹妹的遺物，因為遺物的意義重大，所以我在上面刻了名字，好讓自己永遠記住。」

「剛才的日期又是怎麼回事呢？」

「那是我與妹妹分別的受難日。」他把臉轉過去，深深注視著安琴，「黑色的十三號星期五，會喚來魔鬼的詛咒。」

安琴聽得似懂非懂。

「我的名字叫做施洛德，戴維安是我的姓。」說書人的聲音輕飄飄的，好像在唸詩。

「戴維安・施洛德？」

安琴唸著灰髮青年的名字，心裡充滿驚奇。

他苦笑著更正，「施洛德・戴維安。」

「你有名字，可是你為什麼要隱藏自己的名字？你又為什麼會到處旅行？這其中一定有原因，對不對？」安琴想起了什麼，尷尬的捂著臉道，「對不起，我問東問西，你一定覺得很煩。」

「強烈的孤獨侵蝕了我的意識，死神倚著門邊，偷窺我的生命。我知道，祂會來，我知道，祂來了……」

「你小小聲的在唸什麼？是詩嗎？」安琴前一秒還在責怪自己多嘴，下一秒就故態復萌。

安琴見說書人陷入沉思，想必他正在回憶過去，心想得改口叫他施洛德了。

當她注視著桌上那盞暈黃的燈光發呆，室內氣氛安靜得出奇。

「這戒指上面刻著伊索德的名字，她是你妹妹吧？」安琴害怕的吞吞口水，忍不住地問：「她去了哪裡，你為什麼沒有跟她在一起呢？」

施洛德深沉的眸子掠過一絲溫柔的光芒，「她是我的妹妹，不過，她在很久之前就已經死了。」
安琴震驚的看著他。
「安琴小姐，我接下來要說的，是一個令我不敢想像的沉重故事。若妳要聽的話，我就說。」
安琴點頭，兩手放在腿上不敢亂動，但是她的眼神早就洩露自己的心思，「對了，你以前就留這種……這種遮掉半邊臉的髮型？」
「我以前的髮型不是這個樣子，髮色更不是這個樣子……但不管我怎麼回憶，卻想不出自己過去的模樣了。」他再次陷入沉思，「以前的我相信陽光、上帝，以及愛情。」
「我跟妹妹伊索德住在一個叫做弗蘭艾克的小鎮，專注研究一些有趣，普通人卻敬而遠之的東西……例如魔鬼。」
「魔鬼在哪？」
安琴嚇得從床上跳起來，驚恐地看著四周。

施洛德自顧自的淡淡說道：「我過去曾在修會開設的醫院擔任醫師，主要照料傷患和前來教堂朝拜的教徒。我有空會寫一些小說，剩下的時間就拿來照料鎮上一些孤苦可憐的人，助人為快樂之本曾是我的座右銘。」

安琴坐回床上，著迷地聽施洛德講故事，他那如流水般緩慢的說話速度、流利的捲舌口音，讓她聽得相當忘我。

「我的妹妹喜歡花，所以她在花店工作。花店總是聚集一群定期向妹妹報到的男客人，不過在我親自觀察過伊索德的工作情形後，我很確定那些人平常沒有買花的習慣……」

「這真是稀奇的一件事！難道伊索德有許多男朋友嗎？」安琴問。

「不，這不稀奇，因為伊索德確實是個美麗純潔的姑娘。我敢保證，再也沒有一個雙十年華的女孩會比她更美……」

施洛德淡淡地回憶道：「她有一頭紅褐色的捲髮，柔軟纖細的手腳，小小的鵝蛋臉鑲了一對祖母綠寶石般的水靈眼眸。她總是抱著裝滿花朵的提籃，招呼來往的人群，她的笑容能讓枯死的花又活了回來，真不可思議……」

施洛德仰著臉，閉起雙眼，讓自己的意識沉落於記憶中的畫面，把回憶的時光再度重現眼前。

那個他與伊索德曾經無知稚拙，不知憂慮的歡笑時光……

# Dritter Aufzug : Capriccio

# 綺想曲　第三章

在施洛德心中，他永遠記得那間格局不大的花店，總是佇立在他記憶中熟悉的街角。

即使他對自己從小生長的小鎮印象已經模糊，但是他絕不會忘記，自己總是利用工作結束的空檔，特地走到這裡，停留在花店的玻璃窗前，窺視著少女輕快的身影穿梭在店內。

她在店裡忙碌地來回跑著，一下招呼客人，一下整理花卉，臉都發紅了。但在施洛德眼中又是不一樣的景象，好比說堆滿豔麗花朵的整間店，因此沾染少女青春的活

潑氣息，讓他忍不住覺得愉快起來。

施洛德嘆氣走向玻璃門前，注視著店裡熱鬧的景象。一個穿著大地綠色系長裙的少女，正抱著滿滿的花束招呼客人。

等客人們走出花店，他才像往常那樣推門進去，習慣性聽著掛在門上的輕脆風鈴聲，並且微微一笑。

當他推門而入，彷彿有一百種花香的味道，協調地撲向施洛德臉上。施洛德心裡妄自想著，這香味再搭上少女甜美的招呼聲，不管是誰都會被迷倒的。

那個才剛結束忙碌的少女正在四處巡視店內，好似相當樂於工作似的。當她發現角落出現好大一片空地，便趕緊抱了一大束花打算修剪之後補滿那片缺口。但是以她小小的身軀，怎樣也抱不動沉重的一大束花，以致走起路來搖搖晃晃，好像隨時都會跌倒。

施洛德見狀，趕緊箭步上前，替少女適時抱住那束花，幫忙把花從她身上抱開。

「歡迎光臨！啊，施洛德哥哥，你來了！」

少女抬頭看著他，臉上充滿欣喜的微笑。

聽自己的妹妹這樣叫他，施洛德便用一種憐愛與責怪的樣子看她。對她安慰的目光與一臉期待他會來幫她的臉色，他是好氣又好笑。

「伊索德，工作結束了嗎？」他問。

「還沒有呢，剛才來了好多客人把花買走了，我得趕快把貨補齊。」伊索德手上一空，於是跑去又抱了一小束花走到施洛德的身邊，用可憐兮兮的表情看他，「哥哥，你能幫我的忙嗎？」

他有些為難，不過沒花多久思考的時間，便笑著摸摸她的頭，同意地說道：「這還用問嗎？如果我不幫妳，誰還能幫一臉委屈、楚楚可憐的伊索德呢？放心吧，我們兄妹一起做，很快就能結束工作。」

伊索德不敢相信的看著施洛德，開心得像是要昏過去似的說道：「還在等什麼呢？哥哥，來這邊，你拿這把剪子，把這束花的根莖剪去約三分之一的長度，拜託你。」

施洛德拿著剪刀愣了一下。雖然他平常在醫院工作，總是習慣拿剪刀剪紗布，不過他還是第一次拿專門剪花莖的這種大剪刀，多少感到不太自在。

在伊索德的指導之下，他們把那一大束花修整完畢，接著結束工作一起離開花店。

施洛德看見伊索德抱了一大束綠色滿天星，便好奇地問：「妳把花抱回家，等會坐上馬車會被壓壞的。」

伊索德微笑，「哥哥，你知道綠色滿天星的花語是什麼嗎？它代表著幸福，所以我想把這些花裝飾在家裡，讓大家都感受到這份幸福！」

他見伊索德將花抱在懷裡，素淨的臉龐浮現一種美麗的光彩，留下了相當強烈的印象。他一輩子忘不了伊索德抱著花的時候，美得就像從花生出來的仙子。

施洛德依稀記得，只要他一結束工作就會離開修會附設的醫院，坐上馬車並差使馬車夫來到伊索德工作的地方接她離開店裡，再利用走一條街的時間跟妹妹獨處，最後搭馬車回家。

他非常地珍惜這唯一的妹妹，雖然無法說出珍惜的程度，但是他知道，只要他們一起走在街上，伊索德老是喜歡把手勾住他的手臂，像撒嬌似的靠著他走路。

「伊索德，妳這樣賴在我身上，不覺得很難走路？」施洛德的臉色看起來相當嚴肅。他用鎮靜的語氣說話，眼中卻盈滿了笑意。

夕陽柔和地照在伊索德紅褐色的捲髮上，令她那厚而長的髮絲顯出柔軟明亮的光澤。她聽到哥哥的抱怨，隨即仰起臉，彎起嘴唇笑了一笑。

「哥哥，我想這樣挽著你走一段路，你不喜歡這種感覺嗎？」

施洛德沒說話，但他與伊索德一樣都在微笑。他想，這個少女真是這世上最美好的事物了。

回想過去，他們的父母在七年前意外亡故，留下祖產與一幢大房子給他和伊索德，連封遺囑也沒有留下。

從那個時候開始，施洛德人生的重心就完全繞著妹妹伊索德打轉，兄妹倆習慣這種互相打點彼此生活的日子，他們比任何人還要熟悉對方的存在，彷彿這世界只有彼

此，沒有別人。

在施洛德的心中，一直認為伊索德遲早會與別的男人結婚，他捨不得她嫁出門去，只好嚴密監視伊索德的交友情況。

為了不讓亂七八糟的男人接近她，施洛德把妹妹帶在身邊，說話總是三句不離妹妹的話題……就這樣，他在不知不覺之間，被修會醫院的同事笑稱是個有戀妹癖的男人。

說起施洛德本身，他就像被神祝福的人，行為思想完全正直，性格溫和謙讓，不曾經過什麼大風大浪，人生也過得極為順遂。

他對神懷有崇敬的信仰，性格之中充滿了勇氣與智慧，堅忍不屈的意志。但是在施洛德心中，一直有種說不出口的矛盾情結。特別當他注視伊索德的時候，這份感覺就更加強烈。

「跟哥哥走在一起的時候，我常都接收到城裡所有小姐的敵視眼光呢。」伊索德見哥哥想事情出神的模樣，便悄悄抱怨著，聲音還帶著醋意。

「難道這種感覺讓妳嫉妒了嗎？」他笑著回答。

伊索德鼓著臉頰，有些臉紅的說道：「才沒有呢，我只是覺得哥哥太受歡迎了嘛。」

他嘆氣地說：「那我不就得一天到晚守在花店門外？妳的客人這麼多，其中也不乏熱烈追求妳的客人，哥哥可不許那些配不上妳的男人找藉口接近妳哦。」

她一邊笑，一邊以纖細的手挽著施洛德，「誰說的，哥哥就像父親一樣守護伊索德，這種安心的感覺去哪裡都找不到……我最喜歡哥哥了！」

施洛德愣了愣，雖然不是很明顯，但也難為情的笑了，「從父母過世之後，哥哥一直代替他們照顧可愛的妹妹，好好的把妳撫養長大。」

「嗯，就是這樣，我才會這麼喜歡哥哥！如果有一天我要離開家裡，最捨不得的人一定就是哥哥……」

「如果真有那一天，妳結婚的對象要由哥哥審查才行喔，知道嗎？」

「嗯。」

伊索德輕聲應著，而她的手似乎抱得更緊了。

充斥在施洛德內心的感情既複雜又難以解釋，雖然他把伊索德當成自己最重要的家人，但也許不只是家人的感覺……無論如何，他能讓她從自己身邊離開嗎？

不，他恐怕……死都不想放手吧。

正在施洛德專心想這些事情出神之際，他不小心與街上來往的行人撞了一下，接著聽見伊索德的叫聲，便發現她不知何時走到前方，蹲在地上撿了一樣東西。

「這本書好像是剛才跟哥哥相撞的人掉的東西……哥哥，等我一下，我把東西拿去還給那個人。」

伊索德從地上撿起一本紅皮書，她將花交給施洛德，便拿著書走上前叫住失主。

施洛德目光追隨伊索德，他發現她拿著的書本上頭，有一個極為讓人在意的字眼——魔鬼。這引起了施洛德的好奇心。

是什麼書會大方的在封面寫出這麼可怕的字眼？是禁書，還是他沒有看過的書呢？要是能跟書的主人借來看看就好了……施洛德悄悄想著。

他見伊索德走向遠處，才發現原來書的失主穿著一身華麗的皮毛大衣，是個看起來非常惹人注意的男人。

施洛德站得太遠，看不清楚男人的相貌。但他知道，對方將一頭耀眼的金髮紮成細長的馬尾披在背後，男人的身材高䠷修長，光看背影就很有存在感……若是將施洛德學習過的任何一個形容詞用在那人身上，恐怕是沒辦法的。

彷彿在這世界，並沒有給他這種感覺的男人存在過。如果有這種人的話，一定是以俊美的容貌誘惑眾生，並將他們導向毀滅的魔鬼吧。

施洛德站在原地，看見伊索德正與對方攀談。但是過了很久，她好像還沒有要離開的樣子，令施洛德更加擔心。

他不知道那個男人對伊索德做了什麼，但是他看見那個人執起她的手，以貴族行禮的方式親吻她。

這下子，施洛德再也不能忍耐了，他不允許任何一個陌生男子，用任何卑鄙無恥的手段冒犯他的妹妹。

就是現在，他必須有所行動！

當施洛德憤怒地走過去，打算怒罵那個傢伙，或是給對方一個耳刮子以示教訓……他看見男人帶著微笑，僅只用眼角看他，接著態度高傲的轉身離開。

施洛德迫不及待地走向伊索德，用手去碰她的肩膀，卻從她肩膀傳來的震動讓他得知，她正在發抖。

「怎麼了，伊索德，那個男人是不是對妳動手動腳的？我去找他！」

「不、不是的，施洛德哥哥，沒什麼，真的……沒什麼。」伊索德的臉頰浮現微微的紅潤。

施洛德見狀，很明白對一個未經人事的純真姑娘而言，與男人做任何親密的接觸，都能讓她發羞的不能自已。

「還說沒什麼？我知道我沒看錯，那個輕浮的男人吻妳的手，是不是？」

「他說……那是給我的答謝。」

伊索德低著頭，只是抓著施洛德的袖子解釋道：「我只是嚇了一跳，真的沒有什麼。」

「答謝？哪有這種答謝的方式？早知道我就不讓妳一個人過去了，妳看妳都嚇成這副德性……」

「施洛德哥哥，別再說了，我下次小心一點就是了……」

他在無奈之下，只好嘆氣的說：「算了，我們別再散步，快點坐馬車回家，走吧。」

伊索德微點頭，順從的讓施洛德扶她踏上歸途。

施洛德雖有滿腹的怒氣，但見妹妹被嚇得魂不守舍，他再罵她又有什麼用呢？於是他在車上唸了伊索德幾句便原諒了她。

假如他能對那個輕浮的男人提高警覺的話，或許他們兄妹倆的命運，就不會與日後不幸的悲劇有任何牽連了吧。

馬車載著兄妹倆，一路飛速奔馳，最後減慢速度，停在一幢有花園的大房子前。

當僕人的聲音傳進簾幕，施洛德確定馬車已經不動了，他才打開車廂的門跳到地上，順手接伊索德下車。

施洛德仰望著變暗的天色，他忍住嘆息，深深吸了口氣。

此時天空被一片鬱藍色的夜幕遮掩，遠處山丘那排針杉樹後面也已昇起一輪彎彎的新月。

入夜了……他欣慰地看著他和伊索德的家。

在許多年前，兄妹倆遵守已過世父母的遺願，住在雙親留給他們的大房子生活。兩人相親相愛，努力過活，深信即使他們各自結婚，也還會住在這裡一直到老。

施洛德已經忘了他是在哪裡聽過這種說法，彷彿有人曾跟他這麼說過……幸福與愛，這兩樣在人世間最美好的東西，總是無法永久保存。

他自嘲的笑笑，隨即將這無聊的想法逐出腦海。

僕人把馬車駕到屋子後面的馬廄，拿著鑰匙串打開深鎖的大門，領著兄妹倆一同走進屋裡。

施洛德牽著伊索德的手進屋，發現女管家與一名穿著華服的中年女性正在交談。

那名盤著髮髻的貴婦人一看見施洛德，立即歡喜的站起身，手裡還搖著羽毛扇子，道：「戴維安先生，我又來打擾了。」

女管家飛快的插了句話，「先生，哈勒夫人從下午就堅持在這裡等你，我勸過她，可是……」

施洛德搖頭，臉上浮現苦笑的神情，同時命女管家帶伊索德上樓。

「夫人，妳明知道我的回答與上次，或上上次都是一樣的。」他無奈的說：「我知道妳有替城裡許多適婚女子找尋理想夫婿的榮譽使命，但是很抱歉，我不能接受妳的好意。」

「不能接受？為什麼？」

哈勒夫人緊隨著施洛德，嘴裡唸叨地說：「戴維安先生，你要曉得，我是奉了蓋

勒特伯爵與格魯克公爵的請求，來跟你談兩門不錯的婚事！城裡的人都知道，你是所有適婚女性心目中的理想丈夫，她們總是聽說你走在街上，便會故意將窗戶打開，好讓你見到她們的相貌……」

「那是鎮上誇張的流言，事實不是妳說的這樣。再說，貴族應與貴族或是地方上的名門締結婚姻，怎麼找我這個平凡的小市民？」

施洛德的眼神與語氣，都在質疑哈勒夫人的來意。他雖然沒明確表示出來，站在屋裡的僕人卻很明白，主人根本希望這個女人滾出他的屋子。

「好吧，雖然你家不是名門，可在弗蘭艾克也是個受人尊敬的一個家族！那些託我上門說親的人，知道你有品德與智慧，所以願意用一顆真誠的心接納你……如何？你別再推三阻四，好好考慮一下結婚的事吧！」

施洛德看著面前這位愛四處牽紅線的夫人，無奈地說道：「我還是不能答應妳。」

「戴維安先生，你真是個思考死板又不知變通的人，你以前說你的妹妹年紀太小，不能拋下她跟別的女人結婚……現在你妹妹長大了，你怎麼還是不願成家？有多少名媛淑女希望能跟你見面，你卻一再回絕我的邀請，真不曉得你究竟在想什麼，難道你想一輩子守著你妹妹過日子嗎？」

「就算我選擇這種人生，妳也無權過問。」施洛德臉色僵硬的拍響雙手，命僕人送哈勒夫人出門，「萊斯，送客。」

不甘被趕出門的哈勒夫人，試著在她離開屋子前，將難聽的叫聲傳進施洛德耳裡，「我不會死心的，我一定要當你婚禮的證婚人不可！」

當僕人送走那位女士，施洛德隨即用力關上門。他把雙手貼在門板，臉上緊繃的嚴肅神情才稍稍放鬆。

施洛德試圖冷靜與壓抑，卻在這個最安靜的氣氛當中，聽見身後傳來一道腳步聲。

他轉身過去，發現伊索德躲在牆角偷看，她露出半邊臉頰，神情充滿憂慮與不安，彷彿躲在那裡很久了。

「伊索德，偷聽別人說話是最沒禮貌的事。」他壓低聲音的責備著，「我不是叫妳上樓嗎？」

她用一種煩惱的微笑看著自己的哥哥，說道：「關於這件事，我很抱歉沒有聽你的話。不過……哥哥為什麼要拒絕她的邀請呢？難道你不打算跟那些年輕美麗的小姐結婚嗎？」

施洛德搖頭，飛快地制止伊索德的追問。他很明白伊索德雖然有一副溫柔可愛的外貌，但是她卻有敏銳的才智與感情，而且還特別喜歡問問題。

「我從沒看過像哥哥這樣沒有慾望的人呢，你對結婚不感興趣，也不想追求令你心動的女性，或是參加華麗的宴會……為什麼呢？」伊索德直截了當的問。

這個問題讓施洛德露出為難的神色，令他苦惱的陷入沉思，就是不回答。

「別鬧了，妳又不是不知道，我忙碌得沒有時間想這些事……伊索德，妳不願意讓哥哥多陪伴妳一些日子嗎。」

施洛德懇求地看著伊索德，似乎不希望她再問了。

伊索德眨著眼睛，內心不斷思索施洛德如此抗拒的原因，諒解地看著他，「好吧，你看起來似乎很累的樣子，我去端茶給你喝好嗎？」

他連忙點頭，等伊索德離開之後，如釋重負的喘了一口氣。

# 第四章 綺想曲 Dritter Aufzug : Capriccio

兄妹倆平常在家吃過晚飯，伊索德會與女管家待在客廳收拾餐桌，施洛德則走進藏書室，從書櫃取出他常看的幾本書，放在桌上逐本閱讀。

他坐在壁爐旁邊的椅子，靜靜翻著書頁，沉醉地享受由黑鉛字體構成的書中世界。那是一個奇異、不尋常的感覺，是凡人不敢接觸的禁忌話題。

施洛德本身並不忌諱談論怪力亂神的事，他雖然相信上帝的存在，靈魂永生不滅，他同時還是鎮上某個修會組織的會員……可是，他卻對藏匿在黑暗的魔鬼抱持高度的興趣，一些朋友經常勸告他不要做這種觸犯修會法條的事，施洛德沒有理會，依舊透過友人取得不易入手的禁書，對書上描寫魔鬼的詩詞深深著迷。

「強烈的孤獨侵蝕我的意識，死神倚著門邊，偷窺著我的生命。我知道，祂會來，我知道，祂來了……不是我的痛苦呼喚著祂，不是我的生命呼喚著祂，是這份源源不絕的恐懼。」

「我伸長著手，襯著尖叫，在我吐出的每一道氣息翻騰。我能感覺，它渴望結束在這份激烈的死亡之中。恐懼在竊笑，死神已經準備絆住我的腳，讓我跌進那沒有底板的棺木。」

「上帝啊，我會結束在這個死亡的結束吧。」

當藏書室的門一被推開，立即傳來急促的腳步聲。

「哥哥！」

伊索德端著放有咖啡杯的托盤，往藏書室的茶几一放。她盯著施洛德手中的書，語帶無奈地說：「你又在唸亞夫愛德拉的詩？這不是一本禁書嗎？光是聽你唸的內容，我就害怕得要命！為什麼不讀開朗一點的詩呢？」

施洛德笑了笑，心想他的妹妹就是這點可愛。

這個十八歲的姑娘充滿活潑的氣息，她的感情豐富，心裡想什麼都會表現在臉上。她那孩子氣的舉動，令見過她的人都對她懷有強烈的好感……他們喜歡她的笑容，她體貼與善解人意的優點，包括她的缺點。

「哥哥，你一直對魔鬼的話題很感興趣，也寫了不少小說，萬一你再不節制一點，說不定會引來那些東西登門拜訪喔！」她擔心地說。

「真的嗎？」施洛德停下翻書的動作，故作驚訝的看著一臉認真的伊索德，並且裝出沉思的樣子，「如果那些幻想生物可以讓伊索德變成乖孩子的話，我倒很樂意招待他們住幾天！」

「哥哥，你真是過分。」伊索德作勢賭氣的轉身離開，又回頭悄悄地看著他，問道：「你相信世上有魔鬼嗎？」

「這個嘛……信者恆信之，不信者就姑且聽聽吧。那是我的一個夢，我在一片迷霧的夢裡，聽到一個聲音自稱是無所不能的魔鬼。他想用世上美麗的事物跟我交換一張契約，任憑魔鬼怎麼說服，我都沒有答應，於是……」

「於是怎麼了？哥哥，這一則故事就是你寫過的一本小說裡的內容吧？」伊索德問道。

「當我自夢裡醒來，耳邊只殘留動人的片段旋律，卻連自己在夢中說過什麼都忘了。即使如此，我仍記得魔鬼為了使我相信他的能力，便用小提琴演奏出一首首絕妙的樂曲，令這個夢充斥著我的震撼與恍惚，彷彿連靈魂也被洗滌一般……我從未有過如此強烈的感受，那的確是不屬於俗世的音樂。」施洛德嘆息道。

「我相信神的存在，卻不能承認與神相對的魔鬼只是夢中的幻影，比起從未見過的神，我對這麼充滿人性的魔鬼更感興趣……所以，我花了很長的時間研究魔鬼的真實性，想一窺其中奧妙。沒想到我無心寫下的夢中故事，居然引起廣泛的討論與迴響……這是我沒有預料過的意外。」

「原來如此，不過這些一點也不讓人感到意外，你知道嗎？我是聽哥哥說故事長大的，任何人只要聽了你說的故事，都會為之沉迷。你有低沉溫柔的聲嗓，流利濃厚的捲舌音，緩慢的說話語調，它們都是讓人著迷的特色。」

伊索德拉開椅子坐了下來，著迷的看著施洛德說故事的模樣，就像仰慕大作家的小讀者。

「伊索德，妳知道我把夢寫成小說，以及我如何愚弄魔鬼的經過……如果這一切都是真的，那也太不可思議了。」

「你認為魔鬼真的存在嗎？」伊索德又問了一次。

施洛德沉思的看著伊索德，見她眨了幾下眼睛，唇邊掛著柔和的微笑，他的神情便顯得有些壓抑。

他用一種忍受深刻痛苦的表情把書闔上，嘴裡喃喃地說：「我不知道，畢竟那只是夢。除非魔鬼出現在我面前，否則我不想評斷無意義的事。」

在施洛德的記憶深處，似乎響起一道熟悉的聲音。他感覺並不陌生，卻想不起來是在什麼時間、什麼地點、聽什麼人說的。

他知道說話的那個人有平靜的口吻，冷酷的神色。如果說得明白一點，這聲音代

表的意義，只有深刻的絕望與強大的詛咒。

為此，他不想再探究這聲音下去了，然而他又不得不去想，最後只得到讓自己困擾萬分的一句話。

「親愛的施洛德，我會去找你的。就用這首曲子跟你約定，這份契約關係，將從我們相遇的時候開始生效。我會陪伴在你身邊，直到事情到了不可收拾的地步。當你向我求助，並且付出你的承諾……到那時候，你的靈魂就是我珍愛的收藏品了。」

將施洛德充滿沉靜的思緒拉回現實的，是一道輕微的拍門聲，門外傳來急切的低語，好似有什麼要緊事。

施洛德見狀，起身走到藏書室門口替門外的女管家開門。

「什麼事，愛倫？」他問。

「先生，大廳那裡有人急著見你，他說三哩外一戶窮苦人家有孕婦臨盆，男主人又不在，只能特地來求你幫忙。」

女管家拿著燭台，簡短的報告經過。

施洛德聞言沒有思考太久，隨即點點頭說道：「半夜三更要生小孩，這可不得了！妳快點去我的房間拿藥箱，還有一個藥包，再叫萊斯把馬車駕出來，我們要連夜趕過去。」

「知道了，先生。」女管家一臉微笑，似是對主人喜歡幫助別人的優點感到自豪。

女管家將西裝外套遞給施洛德，他迅速地接過穿上，連胸前的鈕扣也扣得整整齊齊。他與僕人一邊討論著要帶什麼東西過去，一邊走到大廳，發現伊索德也在那裡等他。

「哥哥，你要連夜出門嗎？你這一去，勢必要到天亮才能回得來。」伊索德不安地問。

「放心吧，就算再遲，我一樣回來和妳吃早餐。」

施洛德微笑的目光並沒有停留在妹妹身上太久，便轉頭與求診的人說幾句話，打算出門了。

伊索德見施洛德神色匆忙，便說：「我也要去！」

「妳不能去，現在太晚了。」施洛德立即拒絕。

「哥哥，我要以你的助手身分去幫忙，不是去玩的。」伊索德曉得施洛德怕帶著她麻煩，必然不同意她跟著去，於是機靈地說：「那戶雷德家要生小孩，只有女人知道要準備什麼東西來迎接一個新生命。哥哥雖然醫術高明，卻是個大男人，你只知道帶紗布剪刀，怎麼曉得要準備熱水盆子呢？帶我去吧，我與愛倫曾替人接生過，一定能成為你的助力。」

施洛德看著伊索德臉上神氣的光彩，他心想，自己計劃了一百種勸阻妹妹出門的理由，卻發現沒有一個能抵消她一句笑語。他心裡除了覺得滿足，也明白自己第一次為孕婦接生，必然需要人幫忙，看來他無法拒絕伊索德的隨行了。

「哥哥，怎麼樣嘛？」伊索德撒嬌的問。

隨著施洛德舒展開臉上緊繃的線條，他搖頭苦笑，「親愛的伊索德，妳真是太會說話了。妳說服了我，只好請妳跟我一起走了。」

伊索德見施洛德把手伸向她，便欣然將自己的手交到哥哥手裡。

兄妹倆在三更半夜的時候出發到臨盆的產婦家裡，直到施洛德拯救兩條寶貴的生命後，他們才帶著那戶人家的感謝坐馬車回家。

伊索德拂開車廂窗簾，讓清新的晨光照在臉上，她眨著雙眼說道：「哥哥，我以前只覺得你是有愛心的好人，跟你實際走一趟之後，我才發現你為什麼要當醫生！能夠幫助窮苦的人，解決他們的困難……那種感覺真是太好了。那戶人家剛出生的孩子好可愛，長得好像天使呢。」

通常施洛德結束義診，坐在回程馬車上都是一副疲憊的神態。但是他見伊索德興奮地合握雙手，還對他述說接生經過，好似她才是那個被幫助的人，他疲憊的心情也因為她臉上幸福的光彩，跟著一掃而空。

「伊索德也很像天使啊。」

施洛德笑了笑，「妳笑起來這麼可愛，還有替人著想的一顆善心。有妳這個妹妹，讓哥哥覺得很欣慰喔。」

伊索德聞言，白皙的臉頰便忍不住羞紅，「哥哥才是呢，鎮上的人都知道你雖是醫生，卻免費為大家看病，而且醫術又好，人也長得好看……你真的是一個很棒的人呢。」

「然後呢?妳要不要多說一點，讓我開心一下?」施洛德故意追問道，他見伊索德說話的聲音越來越小，就說：「妳不喜歡哥哥受歡迎，是不是?」

她急紅了臉頰，猶豫地看著他，「我的心眼才沒有這麼小呢!更何況，哥哥總有一天也會跟別人結婚，只怕那時伊索德的存在變得多餘，你就不會喜歡我了。」

施洛德沉思片刻，說道：「伊索德，妳真的這麼擔心嗎?那麼，我就不考慮結婚的事了。只要讓妳傷心的任何事情，我都不願意去做，也不准任何人害妳落淚。」

「哥哥，你不能說這種話!如果你不結婚，難道要陪我一輩子嗎?」伊索德焦急問道。

當伊索德這樣問他，施洛德沒有做任何表示。直到馬車內流過一陣沉默，他才回神看著他的妹妹，以認真嚴肅的口吻說：「是的，我曾經這樣打算過！因為我想珍惜、保護妳一輩子，難道妳不願意嗎？如果我跟妳在一起，任何女人都無法將我們兄妹分開……妳就無需擔心這些事了。」

「好、好奇怪……哥哥。你說這些話好像是在求我跟你一起過日子，我是你妹妹，本來就該在你身邊呀。我們會永遠住在一起的，就算我跟別人結婚，也一樣會在哥哥身邊。」

施洛德深深地注視著伊索德，他微張著唇，似乎打算說什麼，可話到嘴邊又不說了。

伊索德那句「哥哥」，聽在施洛德耳中彷彿是一種委婉的拒絕。她就在自己眼前，可他卻不能與她分享自己充滿矛盾的心情……他發現伊索德以明亮的眼眸望著自己，完全是因為他們兄妹之間的堅定感情，她愛慕他，也只是妹妹對哥哥尊敬的情

感，不是為了別的。

當他再次聽見伊索德溫柔的喚他「哥哥」，施洛德便將未說出口的這份私心驅逐至內心深處，盡可能地將它隱瞞起來。

伊索德擔心的看著他，「你的臉色看起來不太好，是不是太累了？」

施洛德在伊索德的手觸向他之前，就將臉移到其他地方，那似乎是他拒絕她關心的意思。

他發現自己過於冷漠的態度使她吃了一驚，便試圖擠出一點安撫的聲音，「對不起，我有點疲倦……但是妳不用在意。」

伊索德眨著眼睛，不敢回答什麼。她從施洛德臉上感受到某種壓抑的感情，只能繼續沉默。

窗外的馬蹄聲依舊規律作響，直到馬車載著兄妹倆回家，才結束瀰漫在兩人之間的奇異氣氛。

施洛德聽見耳邊吹過一道風聲，他想，每個人心中或許都會吹起一道風。他心中的風雖然看似平靜溫和，但它只是壓抑著沒有爆發。

他永遠都無法預料這道風何時會變成難以控制的狂風……或許竄過他心裡的這道風，將永無止息的一天。

那是在某日入夜後發生，如同意外的一個插曲，如果它不曾出現就好了。

那一晚，施洛德安適地坐在藏書室看書休息，享用美好的夜晚時光。女管家問候的聲音忽然在門邊竄動，直到施洛德放下書本，隔著一道門聽取女管家的報告，他才得知有人登門求見。

「是來請我診治的病人嗎？」他問。

「這個人看起來很陌生，不像鎮上的居民，他是個穿著深色衣服，高大身材的男人。對方說無論如何都要見你一面，先生，你要見他嗎？」

這些形容詞讓施洛德對這個客人懷有強烈的興趣，他離開藏書室，走到大廳替客人開門，隨即見到這位神秘的拜訪者。

他看起來很年輕，除了有一副高大強壯的身材、不凡的相貌外，他還穿著一件黑色修士服，手上拿著一本書，神情充滿微笑，好像隨處可見的傳教人士。

施洛德注意到男人的髮型是一頭金黃色的長長馬尾，瀏海底下有一雙明亮的紅色眼眸，他眼睛顏色如同盈著鮮血的光彩，令人印象深刻。

「初次見面，你是施洛德・戴維安先生嗎？」

男人面帶微笑地向施洛德點頭致意。他的服裝簡單樸素，談吐不俗，說話的聲音雖然帶了一點冰冷，口吻卻充滿了愉悅。

施洛德愣了一會才回過神問道：「你好，請問有什麼事嗎？」

「如你所見，我是個隨處可見的修士。但我實際的身分是從外地過來的貴族，希望你為我保密。」

施洛德提起掛在臉上的金框眼鏡，走近一些看他，隨即發現男人的目光始終停留

在自己身上，害施洛德不太習慣被關注的感覺。

不過，真正吸引了施洛德注意力的，還是男人一臉似笑非笑的神情，他們似乎在哪見過。

在施洛德花心思打量男人的時候，這陌生的客人耐不住性子的說：「戴維安先生，我以暫時居留在貴鎮修會的名義，特地來拜訪你。」

「雖然我說這些話不太恰當，但在我來你家的路上，聽聞你是這裡最有品德與教養的紳士！害我不斷想像你的模樣會是什麼樣子……今日一見，你果然遠比我想得還要出色，我終於見到你了。」

「你為什麼要來找我？」他提防的看著男人。

男人停頓片刻，才把話接著說下去，「身為一個在俗世修行的貴族必須禁慾，不能有自己的興趣，但是我本身相當熱愛塵世生活，卻得藉由宗教信仰來彌補我精神食糧的缺乏。為此，我真是矛盾得快要發瘋了！直到我在修會曉得你的存在，心中立即沸騰著想見你的渴望，因為你跟我一樣，都是難以理解的人。」

「哦，原來這位先生是在修會的介紹下，進而得知我的住處？可惜我對你沒興趣，請回吧。」施洛德聽不進男人廢話般的長篇大論，伸手就要把門關上。

男人站在施洛德眼前，他穿著黑鞋的腳則上了台階，試著更接近這個家的主人。

「等等，我的話還沒有說完！我除了知道你是修會組織的會員，還曉得你在此地以研究魔鬼議題出名，寫了不少著作。我讀過你寫的書，想跟你分享一些心得，這才慕名前來拜訪……如何，請我進去你家坐坐吧？」

施洛德感受到男人的舉動，立刻防備的退到門邊，臉上流露出一副拒絕對方親近的表情，「我明白了，你是來告發我的？」

「你誤會了，我只是沒想到像你這種信仰虔誠的人，居然對象徵墮落的魔鬼有興趣？這可是走在鋼絲上的危險行為，你難道不怕被人用對上帝不敬的罪名抓起來審判？」

施洛德惱怒地瞪著他，「你是誰，到底有什麼目的？為什麼知道這件事？」

「閣下，你忘記了嗎，我們上次見過面啊，那天我還對你笑了一下。」

這陌生，同時施洛德還想為他加上無禮兩個字的客人說：「如果區區一個名字就能使你不再這樣看我，請叫我齊格弗里德吧。為了表示我的誠意，我不會向修會的人告密，你可以放心了嗎？」

施洛德不笨，立即認出這位不速之客就是輕薄伊索德的男人。他雖然想把對方狠狠地趕走，卻在見到男人手上拿著的書之後，原本強烈的決心變得有些猶豫，甚至打算請對方到家裡一坐。

「好，為了你所謂的誠意……請進來吧。」施洛德抿著唇說。

他雖然打開門，態度大方的要迎接客人進屋，卻沒發覺到自己把手緊緊靠在門閂，眼神更是陰鬱地望著男人，彷彿想用一對惱怒的目光殺退對方似的。

不……也許在他心裡，根本不想讓這個可疑的客人進門吧。

齊格弗里德見施洛德隱忍的表情，好像發現什麼可笑的事情，抖著肩膀笑著說道：「如果你把手放開，讓我走進這間屋子，你就會發現你現在的舉動多麼愚昧。戴維安先生，你堅持站在門口，難道想讓我站在外邊吹風嗎？」

施洛德惱怒的壓下心裡面不快的感覺，把門推得更開一點才請客人進屋。

他看著齊格弗里德手上那本書，催促地說：「先生，除非你想站著喝茶，否則請過來這邊坐。」

施洛德忙著招呼客人，同時朝屋裡喊了一聲，要女管家倒茶過來。

他想，自己有很多話想跟齊格弗里德談談，包括這個人輕薄初次見面的少女的原因。

當他拉開一張椅子，想請齊格弗里德坐下，卻沒想到這個人理都不理，還擅自坐在主人的位置，坐下之後故意笑著看人，惹得施洛德大為惱火。

「先生，那張椅子是給我坐的，於情於理，您都不該坐在這個位置。」他冷冷地說。

齊格弗里德對他眨眼笑道：「就算有這條規定，難道椅子借我坐一下也不行？我是這樣的，先生，任何約束規定之於我形同虛設，希望你明白這點。」

施洛德忍耐的看著男人，還花了一些時間平復自己的心情。不過很可惜的，他找

不出任何無聊的話題打破目前的沉默氣氛，只好裝忙的走開。

齊格弗里德拉開椅子起身，走向施洛德問道：「戴維安先生，請問你為什麼要刻意地和我保持距離？我來到這裡的目的只有一個，就是為了你。難道你心裡不願意招待我？」

施洛德壓抑著無奈，嘆氣說：「不，我誠心誠意把您當成客人招待，隨便什麼位置都好，請坐下來吧。」

齊格弗里德勾著嘴角的笑意，坐回剛才那個位置，但他怪異的視線始終停留在施洛德身上，讓人感覺很不好受。

「有客人嗎？我看愛倫在忙別的事，就替她把茶端過來了。」

伊索德恰好在一個最需要緩和氣氛的場合出現，她端著托盤，走入施洛德與齊格弗里德的世界。

當她見施洛德勉強點頭，一臉不高興的看著齊格弗里德，她便順著他的視線看過去，發現了另一個男人。

齊格弗里德一身妖異與外放的氣質，吸引了伊索德的注意。當他露出一個淡淡的微笑，便令伊索德呆愣地站在原地，發羞的不能自已。

施洛德見狀，不禁懊悔萬分，他應該料到齊格弗里德的出現，可能改變伊索德對異性的看法，那個愛他勝於愛任何男人的可愛姑娘，居然對渾身散發熱情的齊格弗里德著迷不已。

見伊索德臉上的神情，就像孩子被一件新奇有趣的玩具所吸引，進而出現喜悅的光芒。施洛德不願看錯，卻也不願過度解讀妹妹愛慕的眼神，究竟出自於她對愛情強大的憧憬，或是一個感動。

當他見到她用一種夢幻的眼神看著齊格弗里德，好像她一移開視線，對方就會像水泡似的消失……施洛德不僅難以忍受，還想趕走這個討厭的客人。

雖說如此，但是齊格弗里德根本不想看伊索德，還一直找話題跟施洛德聊天，完全把她當成空氣。

施洛德發覺伊索德是那麼盼望這男人也能跟她說說話，但是齊格弗里德卻忽視她

的盼望……最後，她難掩失望之情的放下托盤離開了。

「你找我有什麼事？」他等伊索德的腳步聲遠離大廳後，清清嗓子問道。

齊格弗里德滿臉笑意地說：「我想邀請你成為我的夥伴。」

「夥伴？」

施洛德仔細地咀嚼著齊格弗里德的話，在他的認知裡，夥伴在當地方言的釋義有兩種意思。夥伴通常不只是單純志同道合的人，同時也有親密之人的身分。

想到這裡，施洛德覺得這個邀請十分曖昧，所以拒絕道：「先生，你不覺得提出這種要求太厚臉皮了嗎？我跟你沒有熟悉到這種地步，請恕我回絕。」

「真可惜，戴維安先生。我是這麼想的，我對你寫的書很有興趣，如果你肯讓我住在你家，我們可以好好研究魔鬼，你將發現我的知識絕不比你遜色。」

聽到他這麼說，施洛德立刻從椅子站了起來，冷聲說：「抱歉，我想我要讓你失望了。齊格弗里德，你不能住在我這裡，鎮上有很多可以住宿的旅館，它們都遠比我家舒適。」

「真是一個嚴謹，認真又死腦筋的人！你不也對我帶來的這本書很有興趣嗎？瞧你熱情如火的眼神死盯著書，好像沒有一刻不能不注意它似的……如果我走了，你就不能看它了。」

「先生，你看錯了，我只是注意桌上沾到的灰塵。」

施洛德強硬地收回自己著迷的眼神，咳嗽幾聲道：「現在天色已晚，請你儘早離開我家。」

「看來你真的不肯留我住在這裡！若你今晚趕走了我，明天卻發現我凍死在街上……戴維安先生，你不會有一絲的罪惡感嗎？」齊格弗里德試探地問。

「那之後的發展不是我可以預測的。請你體諒，我不能留一個陌生客人過夜，特別是一個成年男子！」

施洛德假裝一臉苦惱，好像正在幫客人想法子。事實上，他巴不得齊格弗里德識相一點，快滾出他的屋子。

「哈哈哈！你是為了你可愛的妹妹著想嗎？看，她正躲在牆邊偷看我們，要是我走了，她肯定會難過的。」

施洛德驚恐地回頭過去，發現伊索德竟如齊格弗里德所說的那樣。他發現妹妹困窘的想逃上樓，便用力拉住她的手，讓她無路可逃。

「妳怎麼可以又做這種事呢？不管是偷聽或偷看別人說話，都不是淑女應該有的美德。」

伊索德被哥哥這樣責備，只好為難的看著他，「哥哥，你怎能叫別人現在就走呢？都那麼晚了，留他一個晚上沒關係的。」

「妳為了一個只見過一次面的男人向我求情？我真希望妳在跟我開玩笑！」施洛德一邊想把伊索德趕回樓上，一邊怒瞪著齊格弗里德。

他沒想到這個人的存在就跟一隻蟑螂一樣煩人，趕都趕不走。

「哥哥，你曾教我要憐憫人，怎麼你自己卻做不到啊？」

「妳要我怎麼辦呢？家裡沒房間再給客人住了！」施洛德故意將這句話特別大聲地說給齊格弗里德聽。

「你們是朋友，當然可以一起睡呀。」那天真的姑娘運用她的智慧說。

施洛德冷冷地看著齊格弗里德，發覺這份煩惱使他更焦躁，他皺眉說：「他不是我朋友。」

「如果不是朋友，哥哥為什麼會請他來家裡面坐呢？再說，不管他是不是哥哥的朋友，只要以後好好相處就可以了吧？拜託，請別這麼狠心的趕齊格弗里德先生離開，好嗎？」

施洛德沒想到妹妹居然在這陣混亂中，記住了那個男人的名字，他挫敗的撫著額頭，無法抗拒伊索德無辜的淚眼，只好答應她的請求。

「好，就一晚。」

他對著齊格弗里德說：「你活動的地方僅限一樓，我跟伊索德住在二樓的房間，絕對不准進去……齊格弗里德，如果你接受我的安排，我就派人整理一個房間給你過夜。」

「沒問題。」

齊格弗里德瞇著眼，給施洛德一個好看的微笑。

施洛德已經沒力氣去想這男人的眼神究竟藏有什麼意圖，他只希望令他困擾的一切事物，都能隨著夜晚的消逝而去。

# Dritter Aufzug : Capriccio

# 綺想曲 第五章

自從齊格弗里德闖入施洛德的生活，他就彷彿被一百種衰運纏身似的快樂不起來，更別提他以往自信、樂觀的進取態度。

這一切都是那個叫做齊格弗里德的男人害的！

齊格弗里德喧賓奪主的行徑，讓施洛德對這個人的印象差到極點，幸好經過那夜之後，齊格弗里德信守諾言的帶著書離開他家，一切也該告個段落……如果現實與施洛德所想的一樣就好了。

就在他以為自己擺脫齊格弗里德，一如往常去醫院工作的時候，他居然在那裡見

到他最不想見到的男人！

施洛德不曉得齊格弗里德怎麼找到他工作的地方，但是他真的快要發瘋了。

他想，或許這個人有通天的本領，或許這個人用虔信宗教的修士外貌，騙取修會的信賴，才有辦法自由出入於醫院及修會，順便為他帶來永無休止的煩惱！

施洛德極度厭惡齊格弗里德像幽魂似的在他身邊閒晃，即使他感到不愉快，卻仍然無可奈何。這個人每一次出現，都像在挑戰他忍耐的極限，還三不五時以挑撥他為樂。

施洛德敢說，齊格弗里德是他見過最惡劣的男人，再也沒有人比這男人更讓他精神崩潰。

不過，對齊格弗里德來說可不是這樣。他很喜歡看施洛德被他惹火的樣子，施洛德只要越焦躁，他就越是平靜，彷彿沒有情緒失控的時候。

或許，他把兩人每一次犀利的言詞交鋒，都當成是一種生活的調劑品，只要施洛德被他激起心中的怒火進而對他咆哮，他就像達成目標似的露出得意的笑容。

齊格弗里德似乎很樂見施洛德厭惡自己，他總是說那比被施洛德完全無視要好過一些。

可是對施洛德來說，齊格弗里德這個男人根本是一個惡夢。就像現在，他才剛開始工作一段時間，沒想到那個比蒼蠅還煩的瘟神，又出現在他值班的醫護室。

施洛德抬頭看到齊格弗里德踏進醫護室，隨即發現他的改變，並為他盛裝出席公眾場合的行徑，吃驚得瞪大眼睛說不出話。

才隔了一天沒見，這個男人居然又換了一套衣服，滿身珠光寶氣不說，他別在胸前絲巾的藍色寶石，誇張得就像貴婦頭上裝飾的羽毛與五顏六色的緞帶。

齊格弗里德是一個無法忍受穿同一套衣服超過三天的人，他嫌棄樸素無特色的修士服，進而換上華麗的貴族衣裝，企圖吸引施洛德對他的注意。

事實上，齊格弗里德擾亂施洛德心思的策略相當成功，他不需要做什麼，只要靠他出色的外貌與顯眼的服裝，馬上引起醫院一陣熱烈的討論。

施洛德以疑忌的眼神狠狠掠過齊格弗里德全身，見他頂著一頭金黃色的長馬尾髮

型，手拿一束鮮艷的紅色玫瑰花，穿著華美的黑服，上頭鑲著金邊，點綴著各色寶石，襯衫領口與袖子都用皺摺花邊加以綴飾，身上還掛了一條毛皮圍巾。

無論怎麼看，他都是活在上流世界的貴族，如此的閃耀華麗，不管到哪裡都是眾人注目的焦點。但是他卻穿成這副德性上醫院，擺明來找碴。

「戴維安先生！我很榮幸今天能夠成為你的第一號病患，希望我的出現沒有給你帶來什麼不便。」齊格弗里德虛偽地向施洛德打著招呼，他不僅態度高傲，連說話口氣也很高傲。

施洛德語氣生硬的回答道：「這位先生，你的出現已經造成我的麻煩！如果你沒事的話，就請早點走吧。我還有其他病人，沒時間跟你聊天。」

他笑嘻嘻的把一束紅玫瑰放在桌上，坐在椅子，蹺著大衣下襬的一雙長腿，神情悠閒道：「醫生，每次看到你都在生氣，一定是怪我沒帶禮物吧？喏，高興了嗎。」

「這是什麼？從哪裡拿的？」施洛德忍無可忍的看著齊格弗里德。

「自然是去花店買的。漂亮的紅玫瑰代表我對你的熱情……送給你，請你細心看護我虛弱不適的身體。」

「你以為這裡是什麼地方?把花拿走，我看起來像不收禮就不做事的醫護人員嗎?」他撥開那束花，一臉憎恨的看著齊格弗里德。

「你別誤會，我不是這個意思……難道你感覺不出我登門求診的誠懇態度?」

施洛德似笑非笑的點頭，他見齊格弗里德一臉裝模作樣的無辜表情，不禁怒斥道:「好，你來看病是吧?這次又是什麼事情?肚子痛，摔傷，感冒?把你想用的病因全搬上來吧，看我怎麼拆穿你的謊言!」

「喂，我說醫生，你看起來不像脾氣暴躁的人喔。」齊格弗里德一邊撫弄繫在衣領的藍色寶石，一邊故意看著門外的病患，憂心忡忡地說:「你隨便應付前來求診的可憐病患，難道不怕有愧職業道德?」

被齊格弗里德這麼一說，施洛德的聲音便哽在嘴裡，開不了口。

對於這種專門來找麻煩的傢伙，普通人的做法都會先賞一拳再踹一腳，把討人厭的傢伙趕出去!但是，他不要這麼做，既然這個人想跟他鬥嘴上功夫，他何不奉陪?

施洛德放下夾在手上的筆，把椅子靠向齊格弗里德，一臉微笑道：「請問這位先生，你三天兩頭跑上門求診，究竟身上有什麼毛病？是不是這裡有問題，發燒燒壞了？」

他指指腦袋，再以一道憐憫的苦笑看著那位穿著華麗的病人。

「倒不如說是這個地方壞了。」

齊格弗里德指著自己的心口，神情哀傷地說：「自從我遇到一個花店小姐，這裡全裝滿對她的好感。醫生，不曉得這種毛病能不能治？」

「你是來這邊胡言亂語的嗎？給我滾！」施洛德聞言，氣得對他破口大罵。

施洛德感到內心有種強烈的苦悶，並且對什麼都看不順眼。他知道這一切的主因來自於齊格弗里德，他恨死這傢伙了！

「既然醫生討厭我，我就先走一步，去找可愛的花店小姐聊天囉。對了，她的名字叫做伊索德，是個笑起來非常可愛的少女，剛才她還跟我親切的打招呼呢！果然這個小鎮還是很有人情味的，你說對吧？」

「慢著，你給我回來！」施洛德氣急敗壞地喚住齊格弗里德，他一想到齊格弗里德居然找上他的妹妹，便忍不住追問道：「你……你什麼時候跟伊索德變得如此親近？」

「伊索德？你跟她很熟嗎？」齊格弗里德裝傻地問。

「你那天跟我妹妹見過面，你吻過她的手，還厚臉皮的住在我家……你會不知道她叫什麼名字？」施洛德惱怒道。

「喔，原來她是你妹妹，難怪跟你長得好像，而且嬌小玲瓏，討人喜歡極了。」

齊格弗里德那副欠揍的樣子，讓施洛德忍無可忍地想衝上前掐死這個人。

「醫生，聽你的口氣很不對勁，莫非你在吃醋？」齊格弗里德隨性地倚在桌子邊，手托著臉頰，一副裝傻的口吻，「讓我猜猜……你是吃伊索德的醋，還是吃我的醋呢？」

施洛德很難忘記齊格弗里德說這句話的表情，他覺得那是一種觀察獵物，等獵物走進陷阱再一口氣捉到牠的陰冷笑容。

「你不只干擾我的工作，還想對我的妹妹做什麼？」施洛德真恨不得扭斷這傢伙的脖子，讓他沒辦法再說這種該死的話。

齊格弗里德笑得非常不屑，彷彿是問他問題的施洛德自己沒搞清楚狀況。

施洛德壓抑著忿怒，再次鄭重問道：「你為什麼接近伊索德？是因為對她產生強烈的愛慕，還是單純想找聊天的伴？」

這時，施洛德必須承認自己從沒想過這一天的來臨，齊格弗里德的出現，對他而言可能是種威脅。

伊索德是個十八歲的嫵媚姑娘，對異性的認知不是像他這種溫和可親的哥哥，就是花店那些中年大叔……她從沒遇過像齊格弗里德那種充滿危險魅力的男人，要是她被齊格弗里德惡劣的勾引，對這男人產生強烈愛慕的話……他不敢再想了。

齊格弗里德笑笑地看著施洛德，見他思緒不寧，便說：「你的疑心病未免太重了！伊索德天真無邪，只要是男人都會為她動心，你這麼怕我接近她，一定有其他原因……你若是不相信，要不要我來求證看看？」

「住口！」施洛德握緊雙拳的怒喝道。他指著門，對齊格弗里德重重地下了逐客令。

齊格弗里德起身，他像剛進門時，在一群人驚訝的目光中大笑離去，一點也不在乎自己多麼惹人注目。

施洛德結束忙碌的工作，拖著疲憊不堪的身軀回到家裡，當他見到伊索德坐在客廳等他回來，心情總算好了一點。

「哥哥，你看起來好憔悴的樣子，工作太累了嗎？」

每當聽見伊索德關心的問候，總是讓施洛德感到十分欣慰。

他嘆息地看著面前這個與自己相差七歲的妹妹，見她在他的教養下，擁有敏銳的思想、高雅的舉止、替人著想的溫柔心地，以及一副出落大方的動人外貌，她不僅是

世上最美的存在，同時也是施洛德心中最美的存在。

施洛德明白，就算妹妹長得再美，終究是個不曾見過世面的少女，她的內心與外表維持著一種純真的稚氣，完全不知道什麼是污穢。

儘管如此，他卻不覺得辛苦，反而認為能親手呵護這個深藏在自己手心的小小夢想，讓他內心充滿了幸福。

過了一會，施洛德結束複雜的思緒並回到現實，苦笑的看著伊索德，「我最近工作忙，沒有時間接妳回家……伊索德，妳不會怪哥哥吧？」

「不瞞你說，齊格弗里德先生在你忙得沒空過來的時候，曾經到花店向我打過招呼，他告訴我你在醫院的情況，又怕你擔心我，所以就先送我回來了。」伊索德用這世上最天真純潔的笑容看著施洛德，「太好了，你們這麼常見面，想必感情大有進展，應該沒再吵架了吧。」

進展？他才不想跟那種莫名其妙的傢伙有感情的進展！

施洛德看著妹妹的笑容，突然察覺到她話中的玄機。沒錯，齊格弗里德曾經說過

他和伊索德在花店見過面，再加上伊索德讓齊格弗里德送她回家……等等，這很不對勁。

「這是什麼時候發生的事？妳為什麼沒告訴我？他還跟妳說了什麼，他有沒有對妳亂來？」他緊張地抓住伊索德的兩肩，不斷追問。

伊索德看著施洛德，略帶訝異道：「沒有，他只跟我談你的事。」

施洛德聞言，先是鬆口氣，過了一會想到齊格弗里德可能用手碰過伊索德，他的眼中便冒出忿恨的三把無名火，害他簡直想殺了齊格弗里德消氣！

就在施洛德心頭湧上一種不安的感覺，並試著思考該如何跟伊索德說，不能與齊格弗里德走得太近……沒想到她居然興奮的看著他，還一臉雀躍的模樣。

「哥哥，齊格弗里德先生果然是傳說中的貴族，他身上穿的衣服華麗又漂亮，我從未見過這麼優雅的人，還有不少小姐都著迷的看著他呢……說到這，你今天應該見過他了吧？」

「當然見過，他天天都到醫院找我報到，我就算不想見他也難。」施洛德壓抑著

無奈，惱怒地說：「聽著，他跟我們家毫無關係，求求妳別再談他了好嗎？我還沒坐下休息，妳就拚命地讚美別人，好像那個人是件稀奇珍寶似的！」

「哥哥，你先不要生氣，我說這些，只是希望你幫我一個忙。」伊索德雙手合十，一臉祈求的看著他道，「你可不可以帶齊格弗里德先生回來？要是哥哥主動邀他，他肯定會來的。」

「我為什麼要邀他來家裡？妳若不給我一個理由，我絕不會答應這件事。」施洛德看向伊索德，眼中泛著惱怒的神色。

伊索德沉默著，臉色有些不安。這或許是因為她不夠謹慎，也沒有掩飾她充滿欣喜的感情，導致她的哥哥十分不滿，也讓她感到些微的苦惱。

「他上次住在我們家，我曾私下與他閒聊過，發現他為人健談風趣，好像懂得很多事，所以我希望能見他一面。」

施洛德不甚滿意的盯著伊索德談起齊格弗里德的表情，有些為難地說：「就只是這樣？沒有其他理由？」

伊索德散發綠寶石般光澤的眼眸，慧黠地眨了幾下，好似藏了秘密不讓施洛德知道。

「你想太多了，我只是想跟他聊聊天而已，不做別的。」她忍不住的說：「哥哥，求求你答應我嘛。」

施洛德不屑的哼了一聲，「老實告訴妳吧，我自從上次留他過夜之後，早已在心裡面打定主意，無論如何都不准這個人再踏進我們的家門一步。別說了，我不會答應妳的。」

伊索德見施洛德臉上那副神情，顯然打從心裡討厭齊格弗里德，連提他的名字都這麼生氣。她不禁急得看向哥哥，露出一臉快要哭泣的皺眉表情，「可是，我已經跟他說好，有機會的話，要請他到家裡喝茶，作為他送我回家的答謝……哥哥，我不能失信於人啊。」

「妳為什麼要跟他做這種約定？」施洛德臉色大變。

「這都是因為哥哥很少帶朋友回家，我看你難得有新朋友，才想利用這個機會認

識他，其實我也是在幫你啊，哥哥！」

「妳除了做這些沒用的事，到底還幫了我什麼？」施洛德眼神藏著無奈與氣憤。

「哥哥，或許你沒有發現，自從齊格弗里德先生離開家裡之後，你的情緒就很不穩定。你不開心，也很容易生氣，對什麼都沒耐性，待在房間的時間也比過去還要久……自從你上次跟齊格弗里德先生吵架後，難道還沒和好嗎？」

施洛德面無表情，臉色沉著地看著她，「我很想讚美妳的觀察力入微，只可惜妳弄錯了，不是我跟他吵，是他找我麻煩。無所謂，只要我不在家裡看到他就好……」

伊索德嘆口氣的說：「哥哥，你為什麼要這麼彆扭啊？你明明對齊格弗里德先生很有興趣，卻寧可悶著頭不肯說，讓人看了好難過。」

施洛德無法忍耐的看著伊索德，見她說得這麼誠懇，他只好壓下怒意的走到客廳角落，找了一張椅子坐下。

「你聽我說幾句話嘛。」

伊索德像一隻磨蹭主人的小貓一樣按著施洛德的肩膀，「我承認，我對你不喜歡的人確實有好感，可那多半還是為了你啊。我知道你不開心，是因為那個人擁有你渴望的知識，但你又不願意承認這種感覺，所以才這麼矛盾。」

「伊索德，我看妳是發昏了，妳居然為了見齊格弗里德，故意說這些話欺騙哥哥！我什麼時候渴望過他的知識？他不可能比我懂得還多。」

「真的嗎？」伊索德歪著頭看他，眼中盛著不信的神情，「有時候，我很明顯看出你對什麼都覺得苦悶，還常常像出了神似的凝視遠方，彷彿沒有任何事物可以吸引你，甚至你還對書櫃嘆氣！哥哥，找齊格弗里德先生談談吧，別再這樣使自己煩惱下去了。」

施洛德接觸到妹妹敏銳的目光，連忙將臉轉到她看不見的地方，「若我答應請他來家裡喝茶，妳會留他住下來嗎？」

伊索德猶豫了一下，顯然她曾做過這樣的打算，但是當她被施洛德銳利的目光看得受不了，連忙搖頭說道：「如果你不願意，只請他來家裡喝茶總可以了吧？」

施洛德強迫自己做了幾次深呼吸，最後沉默無語的點頭。

他雖然很不想答應妹妹的請求，可是若要他為了齊格弗里德去找伊索德的事煩心，還不如在那兩人之間當一個公開的第三者，至少他能夠確認齊格弗里德究竟在玩什麼把戲。

「好吧，我答應妳，但是我絕非因為自己的煩惱才接受妳的提議，而是我討厭來路不明的男人糾纏我妹妹，我要趁這次機會把話說明白。」

施洛德說這句話的表情，明顯有幾分不高興。然而在他的內心深處，卻有種莫名的心情正在竄動，彷彿也期待見到齊格弗里德……

真是見鬼了！

施洛德帶著複雜的心情，沉思著他的念頭，他不去看伊索德因為他的應許而歡喜的模樣。或者他根本就不想看，卻又不得不接受，以致情緒變得煩躁，只好假裝沒聽到伊索德問他要不要喝茶的聲音。

雖然施洛德相當抗拒讓齊格弗里德走入他的生活，但是他知道，自己確實在意對方的存在……

他討厭這個人，卻又不能否認這個人的確為自己帶來強烈的震撼，在這種矛盾的糾結之下，施洛德深鎖在眉頭底下的一對灰藍色眸子，變得更加黯淡。

唉！他明明不想見齊格弗里德，然而現實的安排卻總是再三捉弄他，使他無法如願……恐怕一時之間，他是無法完全擺脫這個男人了。

# 綺想曲 第六章

Dritter Aufzug : Capriccio

數天後，施洛德如往常結束忙碌的工作，搭馬車回到家裡。但是，他看起來比平常更加疲憊，這似乎跟他身後的客人大有關係。

「好難得，你居然邀我到你家喝茶，難不成有什麼值得慶祝的事嗎？」齊格弗里德登下馬車，神情愉悅地看著施洛德引他走進大屋，腳步隨即停下。

施洛德頭也不回道：「先生，你能參加這場茶會不是我的意見，是我的妹妹為了感謝你對她的關懷，這才特地邀請你到我家裡。」

「原來如此。」齊格弗里德聳聳肩，臉上出現一絲歉意的說：「我還以為是你頑固的死腦筋想通了，想和我重修舊好……真可惜。」

施洛德握緊手上提著的箱子，以一種被激怒卻又壓抑的神色看著齊格弗里德，沉聲道：「先生，你必須明白，假如我不願意，我根本不想在家裡看到你……待會你進門，可以向伊索德表示一些敬意，卻不包括我允許你像上次一樣吻她的手，聽懂了嗎？」

施洛德不經意的回頭，見到齊格弗里德穿著亮麗的深色衣裝，舉凡男人身上那件以金線編織的黑色長大衣，絲綢製成的襯衫，繫在腰部的金色皮帶，以皮類縫製的長褲，手上戴著的金戒指等，都與他先前看過的高調打扮並無不同之處。

即使齊格弗里德穿著時尚的服裝款式，擁有崇高的身分，但是並不能改變施洛德對他的不良評價。

施洛德認為，讓齊格弗里德踏入這個家的大門，就好比放一隻野狼進羊圈裡，不知會有多少無知純潔的羔羊要受累了……可偏偏伊索德這隻小羊，居然向他苦苦求情，要他把齊格弗里德這隻大野狼引進家門，他迫於無奈只好答應。

雖說如此，他願意讓齊格弗里德到他家的理由，好像不只這些……也許還有另一種緊緊盤旋在他內心的念頭。

說穿了，施洛德只想知道這個男人為何獨有一股他無法忽視的存在感，為何他總是三番兩次特意出現在自己面前。

他不是在意齊格弗里德，只是想弄清事情。

施洛德深吸一口氣，邁開腳步，命僕人開門讓他們進屋裡去。

兩人走進庭院，聞到屋裡散發一陣強烈的玫瑰花香，這彷彿是伊索德熱情招呼他們進屋似的。施洛德沒多想，立即推開門，看見伊索德穿梭在客廳的忙碌身影，就像她在花店工作的模樣。

齊格弗里德上前一步，他站在門口打量屋裡的景象，他發現施洛德神情嚴肅，沒有多說什麼便一腳跨進客廳。

聽見施洛德故意放重的腳步聲，伊索德察覺的轉頭，看見她期待的兩個男人站在門口，於是欣喜的迎了過去。

「哥哥，你終於回來了！」她接過施洛德脫下的西裝外套及隨身物品，便引他們坐在客廳的一張大桌子旁，神情忙碌地說：「來，你們兩個坐這裡。桌上很空是不是？我去叫愛倫備兩副茶具，準備一些點心給你們，我去壁爐那裡生火，好讓你們覺得暖和些。」

見伊索德要離開客廳，施洛德便拉住她，走到她背後低聲說：「不用這樣款待不怎麼重要的客人，叫愛倫準備那些東西就好了，妳也坐下來吧。」

伊索德臉上寫著為難，她看著施洛德，並帶著責備的語氣說道：「哥哥，你不懂啊。今天的茶會是為了使你和齊格弗里德先生和好才辦的，我希望你和他坐下來把話說開，你別在意我好嗎？」

「什麼，妳做這種事有什麼用處啊！」施洛德壓抑著嫌惡的表情，朝齊格弗里德看了一眼，隨即說：「無論妳用什麼方法，這個茶會顯然失敗了，我跟他之間沒什麼好說的。」

伊索德皺眉說道：「哥哥，你就不能放下你的成見嗎？來，別想這麼多了，你和齊格弗里德先生握個手吧。」

齊格弗里德仍是一臉禮貌的微笑。直到伊索德拉著施洛德走到他面前，強迫地把她哥哥的手塞到他的手裡，促使兩個男人營造出一種感人的和解場面。

當兩人視線交會的瞬間，施洛德察覺到齊格弗里德臉上得意的笑容，便硬生生的把臉轉開。但是他卻沒想到齊格弗里德見狀，居然用力握住他的手不放。

施洛德感受到由彼此緊握的手上傳來的陣陣刺痛，他發現齊格弗里德外表高大強壯，渾身充滿一種無窮的力氣。他不願在伊索德面前露出吃痛的表情，於是也不甘示弱的回握齊格弗里德的手，並以微笑表情試探對方的反應。

齊格弗里德的紅眸掠過一絲驚訝，不過很快就湧上迷人的笑意，讚美施洛德的說：「昨日種種猶如流水落葉，讓我們重新來過，好嗎？」

聞言，施洛德飽含微笑的灰藍色眸子，顯現摻和著憤怒與忍耐的神色。他甩開齊格弗里德的手，站在原地冷冷的看著對方。

「過去那邊坐吧，先生。我的妹妹希望你能帶著愉快的心情喝茶，雖然我確實不

喜歡你，但是我願意看在我妹妹的份上，把你當成客人一樣的誠懇招待。」

「喔，我也跟你想著一樣的事。」齊格弗里德聽出施洛德話中對他的反感，他沒有絲毫的難過神情，還神色自若地答道：「令妹就像她裝飾在桌上的玫瑰花，只要露出嬌艷的微笑，往往令人動心不已。在我看來，她是今晚最美的花朵了。」

施洛德閉著嘴，憤怒的望著齊格弗里德。

伊索德見兩人在她的見證下，相安無事的握手言和，便喜悅地朝齊格弗里德笑了一笑，「齊格弗里德先生，我很高興你來了。」

齊格弗里德走上前，動作輕柔地握住伊索德的手，對她投以魅惑的目光，「我很高興再次見到妳，妳哥哥告訴我可以對妳表達內心的感激，但不許吻妳的手……很遺憾他不懂紳士的禮儀！」

伊索德疑惑地看了施洛德一眼。

「齊格弗里德，別多說廢話，快點入座吧。」施洛德竭力保持他平日禮貌的口吻，向伊索德示意的看了一眼。

齊格弗里德趁施洛德轉身過去，暗中朝伊索德眨眼。

這個小動作沒有逃過施洛德的眼睛，他惱怒地瞪著齊格弗里德，隨即將伊索德拉到身邊，好像那個男人是什麼病菌。

在伊索德的引導下，施洛德坐在齊格弗里德對面的位子，然而兩人互看彼此卻不交談，把屋裡的氣氛弄得很僵硬。

齊格弗里德一邊觀察伊索德熱情而愉快的面容，一邊看著坐在他身邊的施洛德。

這時，女管家推著一個放有茶壺、杯子、點心的推車來到客廳。

她小心翼翼的把杯盤放在桌上，再將點心與茶壺向前推送，最後帶著男主人的衣物離去。

伊索德見兩個男人沉默無語，連放在面前的杯子都沒有動過，把優雅的茶會弄得好像守靈的會場，她忍不住出聲地說：「哥哥，你跟齊格弗里德先生沒有話要說嗎？」

施洛德神色陰鬱地注視齊格弗里德，見他朝自己禮貌的點頭微笑，施洛德遲了一

會才點頭，臉上始終沒有笑意。

齊格弗里德端起茶杯，動作優雅的輕啜一口茶，打破沉默的說：「我很高興戴維安先生願意忍受極度的不悅與我同座，如果因為在下過分華麗的衣裝，使你誤解並厭惡我這個人，那真是世上最遺憾的誤會。」

施洛德雙手交握的放在桌上，他說話的語氣柔和，但關注男人的眼神卻銳利逼人，「無所謂，反正我對那些得意自滿的客人，向來沒什麼好感。」

伊索德萬分為難地看著他，「哥哥，你到底在說什麼嘛！」

施洛德拿起杯子，彷彿置身事外的喝了一口咖啡。

齊格弗里德見氣氛變得尷尬，卻抑不住笑意的彎起薄唇，就像見到有趣、值得玩味的景象，惹得施洛德看了他一眼。

「很好，我欣賞你誠實的美德，至少你毫不隱瞞地表現出你的真性情。」齊格弗里德勉強忍住了近似嘲弄的笑意，彷彿無時無刻都在刺探施洛德的反應。

「感謝你的誇獎。」施洛德不以為然道。

齊格弗里德放下茶杯，撥弄幾下胸前的金色髮絲，以輕柔低沉的聲音問道：「好了，我們就別再說客套話了吧，今天約我來你們家，究竟有什麼事？」

伊索德聞言，便期待的看著哥哥，希望他能再展笑顏。誰叫施洛德自進門後，就是一副不高興的臉色，令圍繞在茶會的氣氛嚴肅到最高點。

「不，我跟你無話可談，找你來的人不是我，是伊索德。」施洛德的語氣相當平靜，似乎整件事與他毫無關係，他只是一個旁觀者。

齊格弗里德瞇著眼睛，目不轉睛地盯著施洛德，好似揣測對方說這句話的動機。他那雙紅眸藏著一種傲慢輕視的神情，這與他友善熱情的個性很不協調。

施洛德察覺地抬頭，當他目光接觸到齊格弗里德尖銳無禮的眼神，便將頭迅速地轉開。不知為何，他覺得那才是這個男人的本性。雖然他不瞭解齊格弗里德，可是他知道這個人不是自己可以親近的存在。

當齊格弗里德接收到施洛德的眼神，他便挑釁的朝對方露出一抹燦爛的笑容，也很明白這種舉動會讓人更加憤怒。只不過，當一種惡作劇的念頭溜進齊格弗里德的內心，他就決定要做得更過分一點，最好能惹火面前故作沉著的男人。

想罷，齊格弗里德將目光轉向伊索德，眼中充滿愉快的神情，「原來如此，在下可要感謝戴維安小姐的盛情了。」

伊索德發現男人熱情的眼神，便情難自禁的回望他，臉上也是微笑，「不，這沒什麼，能見到齊格弗里德先生，我也很開心。」

「我真羨慕戴維安先生，有妳這麼可愛的妹妹，換成是我，早就將妳放在手心裡好好疼愛了……你說是吧，戴維安先生？」

這時，施洛德放在桌上的手再也受不了的握緊，好似無法見到自己的妹妹對其他男人笑，更或者是齊格弗里德若有似無的挑撥言論，讓他始終壓抑著的情緒，已經瀕臨爆發邊緣。

齊格弗里德不動聲色的看著施洛德的反應，一種帶著野心與惡意的微笑，便出現在他的嘴唇。

「齊格弗里德先生，你這是什麼意思呢？我不明白，哥哥本來就很疼我呀！」

當沉靜的室內響起伊索德天真無知的聲音，同時傳來兩個男人的嘆息聲。

「那不是很好嗎？兄妹倆如此的相親相愛，是這個世間上難得的溫情！」齊格弗里德柔聲道。

施洛德震驚地瞪著齊格弗里德，他對這個話題感到厭惡，不知道對方有何目的。

伊索德低頭，臉上泛著紅暈，也許她內心感到快樂與疑惑，卻又因為少女的矜持而不願說話。若她能鼓起勇氣，想必會將自己對他的好感一併傾訴吧。

施洛德看到這裡，再也不願當一個安靜的第三者，特別是他看見齊格弗里德態度惡劣地朝自己咧嘴冷笑，他便帶著爆發的情緒，將拳頭用力搥在桌上。

擺在桌上的花瓶與茶具杯子發出輕顫的晃動聲，引來眾人的注視。

齊格弗里德見施洛德一臉被激怒的拉開椅子起身，好像要離開客廳，便刺探地問：「戴維安先生，你不跟我們聊了嗎？」

「哥哥，你要去哪裡？茶會還沒結束！」伊索德訝異的看著他，接著追了過去。

施洛德像受了打擊似的看著妹妹，沒說一句話便以最快的速度轉身離開。

齊格弗里德靜靜地聽著施洛德上樓的聲音，當他無聊的看著桌上杯盤狼藉的景象，便露出一個無法以任何形容詞描述的淡淡冷笑。

入夜時分。

女管家見主人與小姐不知何故離開客廳，把客人丟在這裡也不招呼，於是她替齊格弗里德點亮桌上的一盞燈具，讓瀰漫的燈光驅散客廳的昏沉光線。

桌上的燭台綻出晃動的火焰，交織著熱度與光芒，它們同時照亮屋裡，是黑夜中一絲微弱的光明。

柔和的燭光伴著一道白霧拂過齊格弗里德高䠷修長的背影，他離開桌邊，貌似無聊的巡視客廳，看見屋裡擺著一架純黑色的平台鋼琴。

他不說話，只是走向鋼琴並打開琴蓋，往潔淨冰涼的琴鍵按了幾下，於是一道明亮剔透的琴聲伴著跳動的音符，佔據客廳寧靜的氣氛。

齊格弗里德聽著輕靈的琴聲，不自覺的露出微笑。他躍躍欲試地坐在琴椅，將修長的十指停在白鍵之上，不一會便開始彈奏出一首節奏明快的樂曲。

當簡潔的旋律飛躍至樂曲的高潮之際，立即被另一道突兀的沉重琴聲取代了未盡的樂曲。

齊格弗里德聽見少女讚嘆的吸氣聲，他中斷演奏，回頭看見伊索德倚在牆角偷看他彈鋼琴的樣子。

伊索德發覺自己的行蹤已被齊格弗里德察覺，便走了過去，讚美道：「繼續你的演奏好嗎？這種感覺就像就像走在路上，偶然地聽見街巷之中傳來一陣扣人心弦的琴音，令人感到舒爽神怡……」

「妳還好嗎？」

當她深深吸氣，隨即聽見齊格弗里德輕柔的詢問聲，讓她差點忘了自己從未與除了哥哥以外的年輕男子單獨相處的情況。

特別是經過剛才不愉快的茶會，伊索德對施洛德感到困惑與煩惱，她不知道哥哥為何這麼做，難不成他這麼討厭跟齊格弗里德談話？

「對不起，齊格弗里德先生，我沒想到哥哥說走就走，給你添麻煩了……他平常不會這樣的，也許有什麼煩心的事吧。」

「想必是這樣。」齊格弗里德毫不懷疑的肯定。

伊索德臉上泛著疑惑的微笑，「你怎麼曉得哥哥的心事呢？」

「我比誰都瞭解妳的哥哥，他只是躲起來生悶氣罷了，別擔心。」

伊索德不經意地看見金髮男人眼底審視的神色，她臉上自責的神情如陰雲般遮蔽她眼眸的光彩，「對不起，我好像打擾你的演奏了。」

齊格弗里德離開鋼琴並走向伊索德，以溫柔的語氣安撫她的不安，「妳會彈鋼琴嗎？」

伊索德慌張地答道：「哥哥有教我一點，但是我資質愚笨，至今只會彈簡單的曲子，像齊格弗里德先生那種琴技高超的樂曲，還是第一次聽到！」

「我教妳彈好嗎？」齊格弗里德笑著握住她的手，像呵護一塊易碎的美玉般，扶她到鋼琴前坐下。

他見伊索德羞得說不出話，便走到她身後，將揉合男性氣息的低語聲附在她的耳畔，「戴維安小姐，我教妳剛才我彈的那首練習曲，好嗎？」

男人慵懶魅惑的嗓音傳到伊索德耳裡，那種獨特的低沉聲使她醒覺地抬起臉，發現齊格弗里德就在自己背後，她差點無法呼吸。

「妳怎麼不回答呢？」齊格弗里德特意呼了一口暖氣，灑在被他身體圍住的少女耳後。他知道這種舉動會使人全身顫慄，更會使人難以自制，特別是一個對戀愛抱持著憧憬，未嘗誘惑的純真少女。

伊索德心不在焉的應了一聲，卻沒發現自己臉頰羞紅的模樣非常誘人。

齊格弗里德很懂得如何捉摸少女的心，他一步步的親近伊索德，卻又不使她發窘的拉開彼此的距離。

他的這種舉動，好像在試探伊索德有多大的容忍度，齊格弗里德的紅眸之中藏著

一種惡作劇的意念，只差一步，她就會掉入他特別為她編織的纖密羅網。

「麻煩你了。」她說。

此時，齊格弗里德伸手扶著伊索德放在琴鍵的手肘，替她調整了一下角度，「不要把手壓在鋼琴上，放鬆一些。」

「是的，對不起。」

一股冰涼的氣息隨著男人說話的聲音，撲上伊索德的臉頰，害她只能沒有意識的拚命道歉。她在緊張之餘，感受到他的手觸及自己的手背，令她更加無法甩開那份奇異的感覺。

「妳在想什麼？」

齊格弗里德的聲音在伊索德耳邊撩繞著，她發顫地說：「不，沒什麼。」

「別這麼說，我想瞭解妳的心事。」

「我沒有什麼心事啊。」她不好意思說出自己偷看他還出神了。

齊格弗里德站在伊索德身後，用她看不見的冰冷表情，配上愉悅的口氣道：「那麼，妳來傾聽我的心事好嗎？」

「齊格弗里德先生也有心事？」

「有啊，特別是在妳哥哥面前……我就有好多不能向妳傾訴的煩惱，希望妳能回答我內心的疑惑。」

當齊格弗里德將手移放在伊索德的兩肩，她感受到他雙手的溫熱，簡直不由自主的想從琴椅上彈跳起來。但是她忍著不亂動，或許這樣能使她心跳的速度減緩一些。

他用低沉的笑聲去吸引伊索德對他的注意，自然令少女有所反應的回頭看他。

「你想問什麼呢？我以為齊格弗里德先生不應該有煩惱。」

齊格弗里德搖頭苦笑道：「妳錯了！事實上，我壓抑著許多很有興趣的事，縱使我想去探究，還是不得其門而入……直到我遇見妳，才發現妳可以替我解除這些煩惱……戴維安小姐，妳願意幫我嗎？」

他滿意地看著伊索德臉上羞怯的光彩，摻雜一些好奇的神色，這就是他想要的表情。

「妳告訴我關於妳哥哥的事好嗎？」齊格弗里德轉過伊索德的身子，令她正面對著自己，他溫柔地執起她的手，懇求地說著。

「什麼意思？」她還是不懂。

「我想瞭解他，就像一個普通朋友的程度。」他笑道。

「我以為你們是朋友，頂多感情不好。」

「真遺憾，現實會使妳失望的！戴維安小姐，請妳告訴我，妳的哥哥究竟有怎樣的性情與喜好，我該如何接近而瞭解他呢……我希望他不再排擠我，那也是妳期望的情景吧。」

「我期望的……情景？」

「難道妳不希望我走進妳的世界，難道妳不願意與我再多相處一些時間？我想知道妳的事，妳哥哥的事……關於這一切，我全都想知道。」

他溫柔的呢喃聲蔓延在她的聽覺世界，進而牽引她的靈魂，令她不自覺沉醉在金髮男人的懷抱，好似靈魂也被他勾走了。

沒有多久，她便驚醒的推開齊格弗里德，從琴椅上起身。她美麗的臉龐被擺在鋼琴頂蓋的燭火柔和地照亮，連一瞬而逝的窘迫都照得相當清楚。

「對不起，我失態了！」她怯生生地說：「如果你願意，我可以帶你去我家的藏書室，那是施洛德哥哥最常去的地方，也是他平日待著的房間。如果你想要更瞭解他，我覺得那個地方一定可以滿足你的需求……好嗎？」

「樂意至極。」齊格弗里德說。

Sieben
00004-OPEA-002-
NO.246846

# Dritter Aufzug : Capriccio

# 綺想曲 第七章

伊索德引導齊格弗里德到樓上的藏書室時，她小心翼翼地拿著一座燭台上樓，並吩咐他小聲說話。因為施洛德很少讓人進去這個房間，更討厭讓它成為客人觀摩的場所，她猜想也許房間藏了很多稀奇古怪的書。

兩人走了進去，一時之間無法適應湧至眼前的昏沉光線。直到伊索德將燭台晃了晃，令暈黃溫熱的光芒驅走房間的黑暗，這個情況才有好轉的現象。

伊索德把門關好，將燭台放在茶几上，正思量著該如何向客人介紹藏書室時，那位客人卻不等她招呼，便迫不及待地走向藏書室的角落，好像她的介紹與存在都是不

必要的。

齊格弗里德正在觀察藏書室，他看著被放在房內的大書櫃，兩張椅子，一個茶几，一座壁爐。這裡空間雖小，卻有種被溫暖緊緊包圍住的擁擠感。

伊索德見狀，像做壞事似的鬆了口氣，坐到茶几旁一張藏紅色的絨布椅子上，那是她平常和施洛德對坐聊天，最習慣坐的位置。

「怎麼了，很累嗎？」

齊格弗里德自藏書室堆滿書的角落走了出來，他望著茶几那座燭台的光焰，像是守護伊索德的陪伴在她身邊，讓她全身散發柔和的淡黃色光暈，看來甚是迷人。

「只是在想……萬一哥哥知道我帶你來這裡，他會有什麼反應。」

「別擔心，他知道我們只是在說話，沒做別的事。」

伊索德眨動雙眸，渾身像搖曳的燭光輕顫一下，直到她藉由滿室黯淡的光線確認齊格弗里德的笑容，才說：「你在這裡走了這麼久，有發現什麼好奇的事嗎？」

「這是一個很棒的房間，可惜大部份都是枯燥無味的理論書，就像妳的哥哥那死

板、沒有生活情趣的個性！與其看書，我對你們兄妹倆比較有興趣，妳能為我講講你們的事嗎？」

伊索德請齊格弗里德坐在她對面同色系的椅子，這時她聽見樓下傳來踩踏樓梯的輕微聲響，以為是女管家正在收拾客廳，便放心地將身體靠在椅子上，享受這安靜的一刻。

她感嘆地說：「在還沒遇到你以前，我曾經以為施洛德哥哥是這世間最好的一個男子。」

「我們兄妹原先在雙親的疼愛之下長大，日子過得無憂無慮。但是當哥哥十八歲，我十一歲的時候，他們出了不幸的意外而到了天堂，於是身為長子的哥哥一肩負起家庭的重擔，包括撫育我的責任。」

「當我想念母親說的故事而哭，哥哥就會把同樣的故事再說一遍給我聽。他捨不得我哭，經常犧牲他自己的時間來照顧我……可是我知道，哥哥比我有更多理由要哭，他卻都忍下來了。」

「這麼說來，他在妳心中是個堅強的人嗎？」他問。

「嗯，他很堅強，也非常溫柔，只是個性深沉了一點，但他仍是鎮上所有未婚小姐心中的理想對象。雖然不能說這樣不好，但我覺得哥哥實在太受歡迎……他都到了適婚的年紀卻不結婚，我真怕他一輩子都會這樣。」

聽見伊索德在讚美之中，帶了一絲嫉妒愁悶的複雜語氣，齊格弗里德不禁挑眉問道：「妳應該為妳哥哥如此受歡迎而高興！還是說……他不願結婚的原因是為了妳這個可愛的妹妹？」

伊索德受驚的望著他，像轉移敏感話題的說：「我想是他還沒遇到一個叫他動心的人吧！齊格弗里德先生呢？別光是聽我說話，你也說點自己的事如何？」

齊格弗里德將背及腰輕輕地靠在椅子上，說道：「如妳所見，我是一個外來的貴族，沒有領地與城堡，家族成員大多進宮侍奉皇帝。我平日最大的消遣就是讀書及走訪各地……挺無聊的。」

「想不到齊格弗里德先生有這樣的過去。」伊索德認真的看著他。

他朝伊索德眨眨眼，「小姐，我是個難以瞭解而性情多變的人。我過去在宮中或修會接觸了各種書籍，我總會透過它們瞭解到，這個世界原來有我不知道的事，只不過，那些有趣的事物與我的內在相較，就顯得微不足道了……我不只想追求知識，對愛與美的渴求，而是更深層心靈的一種感覺。」

「直到我看了妳哥哥寫的書，我發現這個寫書的人比我想的還要複雜。到底是怎樣的男人才寫得出這種界於現實與幻想的文字風格？我迷惑，卻對他起了興趣，所以到這裡想見他一面，沒料到他拒絕我的親近，全盤否定我的一切，這真是人生中最讓我感覺悲傷的一個遭遇。」

「原來如此，所以你才這麼在意哥哥的事。」伊索德點頭，又問：「難道你們見面這麼多次了，他一直沒給你好臉色看過嗎？」

齊格弗里德一臉愉悅地說：「妳不要在意，反正我已經習慣被他拒絕了，但是我有件事想要請求戴維安小姐的幫忙。」

「什麼事呢？齊格弗里德先生但說無妨。」伊索德好奇的看著他。

「我看過戴維安先生著作的許多書籍，卻有一本書，我始終沒有這個榮幸拜見！不知妳能否替我想個辦法，讓我看一看嗎？」

「到底是什麼書？」

藏書室圍繞著一股安靜的氣氛，靜得令伊索德有些難受。她見齊格弗里德沒說話，只好與他沉默的四目交接。

齊格弗里德的舉動非常吊人胃口，當他對少女露出一個謔而不虐的微笑，看到伊索德臉上掠過一絲羞紅，接著低頭不語，這使他更加感到愉快了。

「戴維安小姐，妳應該知道妳的哥哥寫過許多以魔鬼為主題的著作，其中有一本書描寫他與魔鬼接觸的真實體驗……我正是想看那本書，聽說已經絕版了。」

「如果是那本書的話，我家藏書室應該還有一本，我可以找給你看。」

伊索德起身走到書櫃角落搜尋，最後在眾多書本中抽出一本沾著厚厚灰塵的黑皮書，遞給齊格弗里德。

齊格弗里德接過書，隨即快速翻了一遍，他耳邊聽著米黃色書頁跳動的聲音，視線也隨著躍動的黑色鉛字不斷起伏。突然，他的目光停留在翻開的書頁，一瞬間神色大變，彷彿見到什麼驚人的內容。

「怎麼了，寫得不好嗎？」伊索德一副緊張害怕的模樣，好似齊格弗里德看的是她剛寫好的新書。

伊索德見齊格弗里德的面容嚴肅，他瞪書沉默的樣子，使她覺得他那雙紅眼睛折射出來的凌厲銳光能灼傷人，甚至讓人不敢毫無顧忌的瞧著那對眸子。

齊格弗里德突然「啪」的一聲將書用力闔上，他緊緊按壓著書，動作充滿了不滿與惱怒，好像對這本書積怨已久似的。他不顧伊索德被他嚇得花容失色，唇邊還飄出一道諷刺的冷笑。

伊索德見狀，不免承認自己確實被嚇了一跳，尤其在這麼安靜的房間，齊格弗里德那道闔書聲就顯得更加刺耳，也令她猜疑男人的動作有何意義。

當她忍不住抬頭一望，便發現齊格弗里德臉上泛著抑鬱的冷笑。她吃驚得不敢說話，只覺得那種冷笑像是能夠消除他內心湧現的複雜感情，進而讓他變回原本優雅的

愉悅的樣子。

如伊索德所想，齊格弗里德看起來非常冷靜，他壓抑住瀕近爆發的忿怒情緒，一雙眼睛發直地瞪著前方。過了一會，他對上伊索德受驚的目光，便朝她平淡地笑了笑。

「抱歉，因為這本書寫得太有趣，令我忍不住感動得把書收了起來。」

伊索德聞言，雖然不能理解齊格弗里德所謂的「感動」，依然努力地從臉上擠出笑容，「真的嗎?我也覺得哥哥寫的這本關於他親身經歷的書很有趣，特別是他讓無所不能的魔鬼費盡心思，卻還是得不到應有報酬的過程……書中的魔鬼寫得栩栩如生，簡直像發生在現實的故事。」

齊格弗里德沒有回應，他俊美的臉龐卻出現一道近似陰沉的神情，他將手用力握成拳狀，再慢慢將它鬆開，便又露出剛才那種親人的微笑。

「原來如此。」他說：「這本書寫得很好，將人人懼怕的魔鬼具體化，不再是虛幻的一縷幽魂，而是最平凡，甚至有可能出現在妳我身邊的存在。」

伊索德就算聽不懂，依然認真的聽他說話。

齊格弗里德愉快的笑了一笑，「總歸一句，魔鬼不存在於現實與虛幻的夾縫，而在妳的心，在於人心……好了，正經的談話就說到這裡，接下來換妳告訴我有趣的事囉。」

伊索德看見齊格弗里德對著她瞇眼微笑，不自覺臉紅道：「你還想知道什麼事呢，我已把我能說的事都說了。」

「不，妳還沒說，而且我非要妳說出來不可。」

齊格弗里德起身走向伊索德，他高大的身軀捲起一種充滿壓迫的存在感，籠罩住少女映在地上的嬌小影子，並且不給她猶豫的時間，態度強硬的俯瞰伊索德慌張的面容。

「我要說什麼好呢？」她問。

齊格弗里德飛快地蹲在伊索德面前，他單膝跪地，用懇求的語氣道：「戴維安小姐，妳是一個很容易理解的存在，不過妳的哥哥卻不易理解。告訴我，讓我知曉他這

個人，因為他遠比我所想的還要複雜！」

伊索德抬起頭看著他，發現齊格弗里德臉上有一種焦慮的神情，彷彿抹上鮮血的薄唇微張著，好像一個對神祈禱的信徒。她發現他對施洛德似乎抱著一種異樣的執著，當他的紅眸盛著渴求的炙熱目光，讓人幾乎以為他瘋狂追尋的對象是如寶玉般的美麗少女。

齊格弗里德無法壓抑興奮情緒，他伸手摸伊索德的臉，目光充滿操控慾。

伊索德接觸到他冰冷的手指，全身不禁為之輕顫。

就在房裡的兩人糾結這股沉默氣氛，自藏書室門口傳來一道男人遏止的聲音，連原本關上的門都被用力推開了。

「如果你真的想要知道我的事，請馬上離開我妹妹，由我親自說給你聽不是更好，齊格弗里德？」

那聲音聽來冷靜，實則藏著一種狂怒，說不定還會爆發。

齊格弗里德轉頭，見到施洛德雙手深深地插在褲子口袋，倚在門牆之間，臉上沒有笑容，一雙利眸迸出陰冷的殺氣，緊抿著嘴唇，似是壓抑怒意的瞪著他。

伊索德見齊格弗里德自她面前退開，於是起身走向施洛德，解釋地說：「哥哥！你別怪齊格弗里德先生，是我帶他來這裡的。我們聊天聊到一半，不小心提到你的事，他一時情緒高漲……」

施洛德沒有說話，但是他的眼睛已經炙起兩團冷鬱的怒火。他見妹妹走過來試圖解釋發生在房內的事，便制止地看著伊索德，道：「愛倫正在廚房裡忙著做飯，妳去幫忙，沒有別的事就不要上樓打擾我們……我和齊格弗里德有話要談，不用送茶過來了。」

齊格弗里德正若無其事的撫平他黑衣沾到的灰塵，他一聽見施洛德的聲音，唇邊忍不住掛著得意的笑，彷彿等施洛德說這句話已很久似的。

施洛德說完，便將可怕的眼光從伊索德身上，移到膽敢對他妹妹動手動腳的男人臉上。他看起來並不願意把說話的時間浪費在妹妹那裡，沒多久便將她支開，將門緊緊關上。

站在藏書室的兩個男人彼此互視著，一個臉上沸騰著怒火，一個臉上盈著美麗卻惡毒的微笑。

「你好，一段時間不見了。」齊格弗里德屈身行禮道：「很高興你還願意與在下談話，如果這裡有美酒，我還真想好好喝上一杯，順便祝我們美好的友誼能長久延續下去！」

「但願那是一杯能夠毒死喝下之人的美酒。」施洛德收起忿恨的情緒，臉上掛滿笑容的詛咒男人。

齊格弗里德輕移腳步走向施洛德，徵詢他意見的問道：「你的妹妹很可愛，天真善良又不知世事，基於這些特質使我非常喜歡她。」

施洛德沒等齊格弗里德說完，便一臉冷漠地說道：「你想跟伊索德交往？很遺憾，我不同意。」

齊格弗里德似是被施洛德那句話逗笑，整間藏書室遍佈他像瘋子一樣的狂笑聲。

「交往？這好像蠻有意思的，我從未試過和純潔的少女做這些事。好了，你為什麼支開她呢，讓我們三人在一起聊聊天，不也挺好的嗎？」

施洛德對齊格弗里德的笑聲與眼神感到不舒服，防備地說：「先生，我做這些事，只是不希望我的妹妹跟一個雜碎單獨相處，請你見諒。」

「你說的雜碎……指的是在下？」齊格弗里德挑眉，臉上浮現疑惑的微笑。

「我想是的，以閣下出色的外貌與虛偽的人格，得此稱號當之無愧。」施洛德諷刺道。

齊格弗里德很感興趣地看著他，說：「我也想知道，一個自認有品德的賢士會在什麼情況下，意識完全崩潰……是在情感與理性的拉扯下毀滅，還是那副假正經的面孔被撕破的時候呢？」

施洛德拒絕聽齊格弗里德的話，獨自走到椅子坐下，沒想到那個男人隨後也跟著在他對面那張椅子坐下，他惱火的按著絨椅把手，別開了視線。

齊格弗里德以深沉的眼神觀察施洛德，笑道：「你在這個鎮上的評價一直都很好，可以說是人人推崇的君子。可是，我就覺得奇怪了，你為什麼要壓抑你最真實的

感情呢？」

「你說什麼？」施洛德將困惑的目光望向齊格弗里德，卻看見他冷笑的表情。

齊格弗里德隨性地撥弄臉頰兩旁的髮絲，他把臉轉向施洛德，用掩藏在金色瀏海底下的一雙紅眸，懷疑地注視他。

「我看得出來，你心裡充滿嫉妒的火焰，恨不得一腳踢開對伊索德有好感的男人……你受不了任何男人接近她，即使她對任何男人露出的微笑，只是單純的友善與禮貌。」

齊格弗里德看了施洛德一眼，他半瞇著眼睛，尖銳的語氣似是藏著輕蔑。

施洛德露出一臉被說中心事的表情，他瞪著齊格弗里德，無話可回。

齊格弗里德欣賞的看著施洛德，即使這位西裝筆挺的青年什麼都不說，他依舊從中獲取了喜悅與快樂。

「我真高興看到你充滿無力的表情！起初我還以為你毫無缺點，原來你也有醜陋、不可告人的一面……我對你複雜的性情，還挺中意的。」

「你到底想說什麼？」施洛德忿恨地從椅子上站起，被激怒的說。

見齊格弗里德以高雅的氣慨，無所謂地說出傷人的話，施洛德皺起眉頭，不敢置信的看著這個男人。

這個人的行動相當隨心所欲，他做任何事情都沒有顧忌，一切只為了讓自己快樂，順隨自己的心意行動，進而得到他想要的結果。

齊格弗里德不像常人有做事的動機與心態，他沒有那些東西，也不受情感影響。說不定就是如此，他才能冷靜地看著眾生百態，甚至朝施洛德露出充滿鄙視與魅惑人的冷笑。

施洛德看了他一眼，朗聲說：「或許我的性情遠比你想的還要複雜，但是能理解、包容，進而成為我最重要的那個存在，肯定不會是你。」

齊格弗里德的臉色漠然，彷彿對施洛德說的話不感興趣。他貌似無聊的伸展四肢，挪挪身子並蹺著腿，就像聽了一場沉悶的演講會。

「好了，你別一直站在那邊，坐下來吧，我們還沒談到正題呢。」齊格弗里德朝

施洛德勾勾手指，慵懶地命令道。

施洛德起初不願意妥協，但是當他厭惡的看著齊格弗里德，見到男人的笑容底下，那雙使人屈迫的銳利眼神，竟不由自主地受迫於藏書室的氣氛。

他壓抑自身複雜的情緒，氣勢洶洶地坐下，「好了，你到底想知道我什麼事？」

「全部……特別是關於你感興趣的事，我一件也不要漏掉。」齊格弗里德刻意加重說話語氣，語末發出低沉的笑聲。

男人唇邊暗示性的笑意，令施洛德不愉快地說道：「先生，我在這裡鄭重地警告你，自從你來到我家，就玷污了這個家保持多年的美德。我希望現在與你的談話是最後一次，我不會再默許你得寸進尺，但願你能明白。」

齊格弗里德聳聳肩，臉上出現愉悅的微笑神情，「隨便你，你高興就好。」

施洛德冷哼道：「什麼對我有興趣，胡扯一通……你根本就是為了魔鬼的事而來，別以為我不知道你的目的。」

齊格弗里德拿起剛才看到一半的書，讚賞道：「這本小說寫得很好，連令妹都非常喜歡，在下也趁機拜讀了。因為戴維安先生敘事的手法太過真實，不得不令人懷疑你是否與魔鬼打過交道。」

「我可以告訴你，我確實在夢中見過魔鬼。但那只是一個沒有可信度的夢，難道你光憑這樣就相信世上有魔鬼？」施洛德問。

「這個嘛，雖然不能肯定說它不存在，但現實的魔鬼卻深藏在每一個人心中。當你面對道德與慾望的拉扯而變得脆弱，它便從你內心的夾縫裡滋生出來，沒有人可以逃過面對自己最真實的那一面，包括戴維安先生。」

施洛德抿著唇，嚴肅的望著齊格弗里德，「你指的魔鬼是屬於心靈層面，不是獨立個體的存在，很遺憾我們研究的方向不一樣。」

「無所謂，不過我對你的那個夢很感興趣，你再多說一點。」

當施洛德從齊格弗里德的眼神中，看出他深藏的熱烈盼望，不免愣了愣，心中湧起微妙的感覺。沒等他再次催促，施洛德便說：「我對那個夢最大的印象，就是魔鬼在我夢裡用小提琴拉了一首曲子，引誘我與他簽下契約。」

齊格弗里德說：「結果你沒有答應吧。」

「你為什麼知道？」他很吃驚。

齊格弗里德故作神秘的瞇著眼睛，勾起嘴角道：「我亂猜的。」

施洛德防備地看著他，心裡還是無法信任這個男人說的話。過了一會，他像克制自己情緒的做了一個深呼吸，道：「好了，我跟你之間沒什麼好聊的，我送你出去吧。」

「你就不能多陪我聊一下嗎？」齊格弗里德對施洛德不耐煩的臉色視而不見，又道：「剛才我參觀你的藏書室，發現這裡很悶，想必你成天孤獨的坐在這裡看書，才造就你極其封閉的內心。」

「多謝你獨到的見解。」

施洛德忍耐的看著他，壓抑著心中快要爆發的怒意。

這時，齊格弗里德看到掛在牆上的畫與放在壁爐上的小提琴，便起身走過去，指著畫問道：「你能否為我解釋一下這是什麼？」

施洛德在齊格弗里德帶來的各種壓迫下，簡直快喘不過氣了。他告訴自己，只要齊格弗里德再多問一句話，他馬上一腳踢這個人出去。

「這是以一則關於死神出現在受他誘惑的少女面前，演奏小提琴的傳說為主題的繪畫……齊格弗里德，我已經對你感到強烈的不耐煩，請你在為我增加更多困擾之前，識相的離開房間好嗎？」

「不要這麼說，你看這把小提琴的形狀和畫裡一模一樣……如果我拿著它，不就像穿著黑披風的死神從這幅畫裡走出，專程為了誘惑你而現身演奏？」

「齊格弗里德，我再說一次，你沒有資格這麼做，放下它！」施洛德見他拿走小提琴，一臉躍躍欲試的模樣，便帶著警告的眼神試圖阻止他。

施洛德將目光移到齊格弗里德臉上，接觸到男人狡滑的詭笑神色，他就知道齊格弗里德不但不肯聽他說話，還想變本加厲地做出更惡劣的冒犯行為。

「戴維安先生，我拉小提琴的技巧比你想得還要高段，說不定連死神都沒我厲害……不信的話，你就坐下來靜心欣賞一下吧。」

齊格弗里德用凌厲的眼神暗示施洛德退開，他微傾著臉，用圓潤挺直的下巴刻意壓著小提琴尾端。他左手握著琴頸，右手拿著琴弓，在陰暗的藏書室舞動出一首帶著哀愁感的樂曲，陰冷的旋律猛烈狂妄地朝施洛德直撲過去。

施洛德原先打算阻止齊格弗里德的演奏，但是他卻被撼動人心的樂聲震撼得不能言語，彷彿整個世界不再運轉，只剩下齊格弗里德的音樂繼續述說著一個徬徨、無奈、悲哀的沉重故事。

晦暗的曲調聽來優雅，卻有種抑鬱的味道，彷彿演奏者的內心，充滿了如葛藤般的糾結。但是更教施洛德吃驚的是，這首由齊格弗里德演奏的小提琴樂曲，竟然與他夢中魔鬼演奏的曲目完全一樣。

這時候，施洛德心裡升起一股發冷的恐怖感，當他視線落到齊格弗里德身後的那幅畫，不由得將死神的形象套疊在齊格弗里德身上，施洛德甚至認為在他面前拉琴的男人，就是畫中死神派來的使者。

唯有如此，他才能為自己內心的奇異感覺找到合理的藉口。

齊格弗里德見施洛德一臉迷濛的神情，便像卸下微笑面具似的用睥睨的傲然目光看著男人，沉聲命令道：「坐下，戴維安先生。請你聽我演奏的音樂，好好感受夢中被引誘的快感吧。」

施洛德感到自己陷進一團黑白交錯的濃霧，他既看不見齊格弗里德，也看不見自己的手指頭。可是他卻被一道輕柔拂過耳邊的男人聲音，引誘著自己毫無意識的坐回椅子。

施洛德的視線忽然變得模糊，眼皮也沉重地垂下。

在他僅剩的意識被眼前的黑暗攫取之前，他感覺到，由小提琴奏出的旋律附著強大的怨念，就像自己夢中的魔鬼意圖將所有人拖入充滿慾望試練的深沉心境。

施洛德薄弱的意識，似乎無法再與熾烈的琴聲相抗衡。儘管他抗拒閉上雙眼，卻依然在陰沉的曲調之中，不知不覺的沉沉睡去。

# ACHT 00008

## 綺想曲 第八章

## Achter Aufzug : Capriccio

那是一片空虛的黑色世界，什麼也沒有。

施洛德掙扎著睜開眼睛，手指碰觸到一種令人感到發寒的森冷。他全身被看不見的幽暗覆蓋，還感覺到眼前的黑暗逐漸逼靠過來，似是壓迫著他。

施洛德在轉醒的瞬間，察覺自己放肆地吸嗅著冰冷的黑色空氣。他看著眼前熟悉又陌生的景象，花了一次深呼吸的時間，總算認清自己身在何處。

這是夢，抑或現實？不管如何，能讓他再次置身夢與現實的夾縫之中，就只有「那道聲音」了。

一道帶著魅惑的聲嗓，宛如呼應施洛德的思緒，在輕柔飄渺的氣流裡，幽暗地響起，「施洛德……我們又見面了，這次你願意跟我簽契約了嗎？」

「就算你算盡心機，我也不會受你利用的，可怕的魔鬼。」

魔鬼的聲嗓迴盪在施洛德耳裡，一次次的誘惑著他，「如果你願意將靈魂交給我，你將得到一整個世界，甚至你腳下的土地都將成為你的領土。」

「我的領土就是我的家，我沒有征服世界的野心。」施洛德拒絕道。

「那就給你最華美的黃金衣裳、最別緻的珍珠皇冠。」魔鬼說。

「我的心靈富裕，不需要這些東西。」

「這樣吧，假使你服從我，你將可以得到一個聲音柔和得有如銀鈴，外貌純真得有如天使，眼睛澄澈得有如綠寶石的女子……我會讓你獲得她絕無僅有的愛情，如何，這還不夠吸引你嗎？」

施洛德惡狠狠地朝那聲音大吼，「你居然把我的妹妹當成獎賞一樣的送給我？就是傻子也知道我不可能會同意你，更何況她是我唯一的妹妹，我對她只有堅定深刻的

兄妹之情。」

魔鬼發出一道愉快而傷感的嘆息，「真遺憾，你居然不明白連傻子都知道的事……施洛德，我法力無邊、無所不能，你沒有一件事能瞞得過我，包括你私人的情感。」

「你說什麼？」

「接受我的存在吧，那麼你就可以得到你的妹妹，你要壓抑自己見不得人的私心到什麼時候？」

「不，我沒有！」施洛德口氣強硬的辯駁道。

「你不願意說嗎？還是要我代替你說出，其實你愛著……」

「住口！」

施洛德激烈的打斷魔鬼的話語，隨即感到臉上爬升著一種冰冷的觸感，彷彿有什麼人以纖長的手指勾起他的下巴，用輕柔的低語聲安撫並融化他的怒氣。

「我說過，我一直在你心裡，我就是另一個你。只要你需要我，我就會出現在你

面前，等候你的差遣……」

「是時候了，施洛德，面對你自己也接受我，承認你有不可告人的慾望吧，這沒什麼好說不出口的。」

「不……不是這樣的，我不是你。」施洛德掙扎著呻吟，他的力氣似乎在魔鬼的魅惑下逐漸消失。

「跟我簽下契約，你的願望馬上就會實現，如此簡單而容易的一件事，你還需要猶豫？難道你能從我的誘惑下全身而退？施洛德，你屬於我，因為你的心充滿徬徨不安，正是我喜歡的墮落靈魂，你不可能逃出我的掌控。」

施洛德頑強的不肯答應魔鬼的請求，反而用盡全力掙開魔鬼的懷抱，不受他引誘的嘶啞喊道：「我絕不接受你的試練，因為你給不起我真正想要的東西。」

「你說什麼？」

「我不屬於你，我也不需要你的力量。」施洛德淡然道。

魔鬼一怒，嘶吼的聲音化作天雷朝施洛德狂烈兇猛的直撲過去，令他幾近崩潰的意識陷進似真似幻的幽暗世界。

在黑暗與現實交會的衝擊下，有一雙手輕輕撥弄著提琴琴弦，悲傷低沉地呢喃著，「你為什麼如此吸引著我，又為什麼如此令人難以親近？我該怎麼做，才可以接近你孤傲冷漠的心？」

那像魔鬼又像齊格弗里德的聲音，搔動著施洛德敏感的耳膜，似是誘惑他前往一個未知的世界。施洛德聲嘶力竭的喊叫，不斷抗拒一切，最後一道熱燙感將他帶回了現實。

暈黃的光線射入施洛德矇矓的雙眼，使他察覺到這裡是藏書室，更發現房裡閃動的火光，被一道深沉的黑暗掩住。壁爐的火焰雖然持續燒著，但是映在施洛德眼中的男人身影，卻冰冷得足以熄滅屋裡那一點溫暖。

齊格弗里德雙手撐在椅子上，表情冰冷的俯瞰仰躺在椅子的男人。

他彎下腰，沉默的看著施洛德，眼神帶著敵意，似乎想把整個身子埋進那張椅子似的。

當施洛德眼前不再是模糊不清的幻覺，他便驚醒的張開眼睛。因為映入他眼底的男人面容，居然是齊格弗里德！

儘管施洛德的嘴唇有些顫抖而蒼白，仍然試圖推開他。

齊格弗里德見狀，雙手緊抓他的胳臂不放，眼睛嚴厲地盯著施洛德，喉嚨裡迸出一陣細微的呢喃聲。

施洛德聽不清楚齊格弗里德說了什麼，任憑男子的眼神緊纏著自己，還垂了一些金色髮絲在他胸口。他張著嘴，沒辦法出聲說話，不知道該有什麼反應。

一種奇異的熟悉感侵入施洛德的意識深處，使他在昏暗中對齊格弗里德明亮的眼眸及聲音有些記憶，好像他們在更久之前就已相遇了。

施洛德為了擺脫微妙的氣氛，用力吸了一口氣的問：「我的臉頰好痛，好像有人拿一把火在我臉上炙燒，這是怎麼回事？」

「我看你好像做了一個惡夢，所以擅作主張打你耳光……你不介意吧？」

施洛德心裡一驚，大為震動的看著齊格弗里德。

「我做夢？」

「不然還有什麼呢？我看你太累，居然聽我演奏的音樂睡著了！我走過去想搖醒你，看你正在夢囈，才把你打醒過來……」齊格弗里德露出戲謔的笑容道：「如果你痛得受不了，讓我替你揉一揉？」

施洛德轉開臉，冷聲道：「不需要，請恕我不再招待你，你走吧。」

當他走向門口把門打開，要趕齊格弗里德走，卻見到藏書室外躲著一個嬌小的身影。施洛德與少女四目相對，見她嚇得驚慌失措，便不悅的叫住了她。

「別走，伊索德。來得正好，妳替我送齊格弗里德到樓下大門。」

伊索德看見哥哥臉上紅紅的，心想兩人可能在房裡剛吵過，她不敢多問，只好帶著客人離開。

伊索德懷著忐忑不安的心情與齊格弗里德走在二樓走廊，她停下腳步，直到意識到身後齊格弗里德的接近，便回頭看了他一眼。

齊格弗里德始終與伊索德保持一步之間的距離，他安靜的站在她背後，自然察覺到了少女的心情。

「有事嗎？」

他臉上的微笑，像戴了一副假面具似的。

「呃，請問……你們在房裡談得如何？哥哥是不是生氣了？」

齊格弗里德將手指擱在唇邊，示意她噤聲。

「戴維安小姐，請妳為我守密好嗎？」

齊格弗里德放輕腳步的走了幾步，特地還在一處無人走動的走廊角落，向伊索德委婉地說出事情經過，「我和妳的哥哥相談甚歡，他聽我演奏小提琴樂曲，還一副滿足的樣子呢。不過他看起來蠻累的，請妳待會撥空去看看他，有妳的關心，他也會高興的。」

「原來如此……我明白了，我會去照顧他的。」

齊格弗里德微笑地看著她，「妳真是太溫柔了。」

他趁她沒有防備的時候，傾身在她的臉上輕吻一下，彷彿那是不代表什麼意義的吻。

伊索德聞到空氣裡一股曖昧的氣息，再加上吻她的男人生得一副魅惑世上眾生的俊美外表，這感覺令她又驚又羞，只好站在原地看著齊格弗里德發愣。

齊格弗里德愛憐地撫著她的臉，唇邊誘惑的笑聲有意搔弄著她紅透的臉頰，「小姐，妳真的好可愛。不如我們下次瞞著妳的哥哥見面，好嗎？」

「為什麼要瞞著哥哥見面呢？」她問。

齊格弗里德注意到伊索德那雙散發鑽石般光彩的眸子，正專注地看著自己。他從少女眼裡汲取了愉快的光彩，進而察覺伊索德沉醉在對愛情感到憧憬的幻覺，只要有人稍加引誘，她就會成為愛情忠實的信徒。

「戴維安小姐，妳相信一段浪漫愛情的邂逅嗎？我正是因為相信，所以遇見了妳，如果妳相信的話，請把手放在我手上，讓時間為我們做個見證！」

「為什麼是我呢？」

「只要有妳的存在，總有一天我能和妳的哥哥化解彼此的誤會……更何況妳這麼美麗，讓人難以抗拒對妳的迷戀。」

金髮男人執起了少女的手，深情的目光照著她柔和的臉部線條，令伊索德的心跳加快。

當她抬頭看著他，腦海裡除了面前男人的身影，再也容不下其他事物。

戶外陽光普照，溫暖的光線照亮了修會醫院的每扇窗戶，也同時照亮施洛德所處的醫護室，陽光射進房內的地板，將室內照得耀眼明亮。

施洛德坐在他平常看診慣用的一張桌子前面沉思著。室內則維持一種沉靜的氣

息，除了掛在窗戶的白色窗簾隨著窗外流進來的微風飄動之外，醫護室再也沒有任何變化。

施洛德見難得的早晨竟沒有任何求診的病患，他不自覺仰頭嘆息。

他想，這個星期以來，真是他人生過得最大起大落的時刻。

他先是倒楣的遇到被自己作品吸引而來的齊格弗里德，兩人之間話不投機半句多，可偏偏齊格弗里德老愛找他麻煩，好不容易這傢伙自他們見過最後一面的那天起，便不再到醫院或家裡找他，著實令施洛德鬆了口氣。

就在施洛德以為一切又恢復到往日的平靜，沒想到他的新煩惱會由此產生，而且還是一個困擾他多年的夢境。

他不斷在想，為何自己會做那種夢？是他太過壓抑，還是這世上真有魔鬼，一切並非是他的幻想？

他原本以為自己過了多年，早就忘了魔鬼找上自己的目的，當魔鬼再次侵入他的夢，狂妄的想征服他，施洛德才知道自己一直期待著能與魔鬼再次相見。

他無法忘懷那片漆黑的夢境，無法忘懷魔鬼對他的試練。這究竟是他一個單純的夢，還是象徵不祥的命運詛咒？

若夢真的存在，魔鬼為何要經過這麼多年才再次出現？還用盡心機討好他，只為了跟他簽下交換靈魂的契約？

不，那不可能是真的！

所謂的魔鬼，只是凡人投射在自身慾望的幻影——施洛德心中否定的想著，或許他最近煩惱妹妹的事，再加上齊格弗里德拉出與他夢中魔鬼相同的曲目，才會害他做這個夢。

施洛德不知為何有這麼巧合的事，但他記得齊格弗里德神情詭異的看著自己，讓兩人之間的氣氛變得微妙……唯獨這件事讓他特別在意。

他得承認，自己打從心裡對齊格弗里德感到矛盾。明明是他平常不想見的人，可突然見不到這個人，他不但有莫名的失落，心裡竟還期待齊格弗里德再次出現在他面前，簡直怪透了。

這時，醫護室傳來一道打破施洛德沉思的敲門聲。在他的應許下，門外的人開門走了進來。

「戴維安醫師，有你的手信。」

穿著白色衣袍的女性將印有浮雕圖案的卡片與一朵藍色的玫瑰放在桌上，便轉身離開。

施洛德收起紊亂的思緒，看著充滿質感的卡片，像閱讀聖經似的仔細讀著，「有事想在許願池廣場討論，請抽空前來一趟。」

他翻視著潔白的卡片，發現上面雖未署名，但光憑隨卡片附送的藍玫瑰，施洛德便知道這是伊索德請人送來的信，只有她曉得藍玫瑰是他喜歡的花。

施洛德想著記憶裡妹妹的笑容，內心的憂愁頓時被一掃而空。

他將卡片收在白衣口袋，臉上浮起微笑的光彩，向醫院告假後隨即前往卡片指定的地點。

施洛德依約前往許願池廣場。

時間正值炎熱的午後，陽光十分強烈逼人，街上毫無人煙，只有施洛德腳下的皮鞋踩踏石子的聲音。

不過，這一點也無所謂。因為對施洛德來說，只要他想見的少女出現在他們約定的地方，那就夠了。

他心裡惦記著伊索德，加上邁開的腳步，很快就看見了伊索德的身影。

少女背對著施洛德站在許願池邊，雙手緊緊合握，一副誠心祈求泉池女神實現她心願的專注神情。

施洛德快步走上前，心想自己讓妹妹等這麼久，待會一定要好好道歉不可。就在他抱著這念頭的時候，看見伊索德轉過身子，臉上浮起久違的微笑光彩，她可愛的笑容總是像溫和的陽光般令他身心舒暢。

發現伊索德朝自己的方向走過來，施洛德也微笑地走過去，但是他怎樣也預想不到，在他走過一處種滿礙眼的針杉林之前，居然有另一個男人的身影搶在他之前與伊索德愉快的談笑。

施洛德動作僵硬的停下腳步，他躲藏在離那兩個人不遠的樹叢，暗中觀察接近伊索德的男人身影。

那個男人穿著一套全白的西裝，繫著黑色領結，戴上白色手套，並有著一頭長至腰下的金色馬尾……施洛德比任何人都明白，這個男人是齊格弗里德。

那個時候，不只施洛德感到吃驚，連伊索德見到盛裝打扮的齊格弗里德，都不禁為他華麗的外貌所惑，好似從未見過男人造型也能這麼多變。

上次還是個貴族，沒想到這次見面就變成有錢人家的管家……這個齊格弗里德究竟要換幾套衣服才夠？

「齊格弗里德先生，你這副打扮是……」

「讓妳久等了，戴維安小姐。妳上次告訴我，想要一個專屬的管家，所以我特意穿了這套衣裝，希望讓妳滿意。」

齊格弗里德禮貌的向伊索德行禮，又從身後拿出一枝沾著露水的紅玫瑰，滿臉笑意地說：「願妳的美，如同這朵玫瑰般嬌艷！」

伊索德猶豫不決，遲遲無法從他手中把花接過去，卻又崇拜地看著齊格弗里德。

齊格弗里德注視伊索德驚訝的目光，失笑道：「妳安靜的站在許願池前面，是在想什麼？」

伊索德害羞的轉開視線，「沒什麼，只是希望你能早點來。」

「是嗎？在下果然遲到太久了，真對不起。」他歉然道：「不過，妳剛才好像在許願……告訴我，妳有什麼願望？」

「我能有什麼願望呢，還不是希望你和哥哥之間可以和平相處。」美麗的少女嘆息道。

齊格弗里德見伊索德走回許願池，便好奇的跟了過去。他挑起審視的目光，發現在她合握的雙手閃爍著一道銀光，便問：「妳戴在右手無名指的銀色環戒真漂亮，有

什麼意義嗎？」

伊索德解釋道：「這是我已經逝世的母親留下的遺物，我和哥哥都各有一枚戒指，我們自小就將名字刻在環內，好讓自己能夠記住父母取的名字。」

「原來如此，這戒指對妳而言非常重要……」

齊格弗里德見伊索德那麼重視戒指，於是提議的說：「對了，戴維安小姐，我曾聽過一種說法，若在許願池投入一樣自己心愛的物品，許願的效力便會比平常還來得強喔，妳想試試看嗎？」

就在伊索德揚起一對驚訝的眸子時，齊格弗里德突然走近她身後，默不作聲的執起她戴著戒指的右手，暗示的笑著說：「不知道妳能否出借手上的戒指，讓我試一試呢？」

「不行呀，那是我的母親留給我的戒指，你這樣做不太好。」她不安地問。

「只是借用一下，難道妳不想試看看這樣許願有沒有用？」

齊格弗里德從伊索德手上勸誘的取下戒指，他勾著嘴角笑了一下，「不只為了妳

哥哥，也為了我。」

伊索德被齊格弗里德從背後抱住，當她耳邊撫過一道溫熱的氣息，意識到男人低沉的聲音圍繞在自己身前，她害羞的順從齊格弗里德，任他將戒指扔到池裡。

「這樣不就行了嗎？」齊格弗里德輕笑一聲。

「齊格弗里德先生，請你放開我。」

「怎麼可能呢，妳的身子裡藏著對我的愛意，我很清楚該怎麼做才能使妳高興……就像這樣。」

伊索德羞得想拉開與齊格弗里德過於親近的距離，當她不斷扭動身子想掙脫他的懷抱，卻未料到他將她的身體轉到自己面前，不顧她的意願硬是擁抱她。

躲在遠處的施洛德見到這一情景，本來不願再看下去。可是他在轉身之前，卻見到齊格弗里德不但抱著害羞的伊索德，臉上還有一瞬即逝的冰冷笑意，似是駁斥妹妹純潔的感情。

施洛德見狀，除了壓下心中想衝出去把妹妹帶回家的念頭，他不知道還能怎麼

辦。各種不安的想法竄進他的腦海，讓他選擇逃開這麼衝擊性的一幕。

他臉上一陣躁熱，心頭鬱悶，整個腦子都在想剛才的事。施洛德很難說出那是什麼感覺，當他撞見妹妹被別的男人抱在懷裡，浮上心頭的居然不是生氣與憤怒，而是連他也不瞭解的震驚與困惑。

這兩種情緒使施洛德明白，他覺得失望，覺得難過，都是因為他在赴約之前抱著太多期盼，當期盼落空，他心中的落寞感也格外沉重。

他像一顆洩氣的皮球，毫無目的地走在街上，施洛德不斷想著伊索德為何要送卡片給他，讓他撞見這麼難堪的一幕……

他心想不應該是這樣，可又無法抗拒不去想，這種感覺壓倒了施洛德，更讓他發現這些彷彿呼應齊格弗里德曾經說過的一句話。

『莫非你在吃醋？你是吃伊索德的醋，還是吃我的醋？』

施洛德壓抑著複雜的心境，彷彿聽見內心有什麼東西碎掉的聲音。直到他從混亂的思緒醒來，感覺身邊流過的冷風，竟是如此痛進心裡。

「不，這不可能，我會吃醋？」

施洛德看著自己的右手戴著與伊索德同樣的戒指，想起兄妹倆曾經立下，彼此都把雙親的遺物看得比命還重要，絕不讓別人亂碰的約定。

然而此時，他卻看見自己的妹妹愉悅的讓別的男人為她取下戒指，這感覺讓他心頭萬分悲苦，好像被人打了一記悶棍。

那些揮之不去的記憶畫面如跑馬燈出現在施洛德眼前，逼他不得不承認，自己確實對那兩人感到嫉妒！

可是，他嫉妒的對象究竟是誰？是伊索德，還是齊格弗里德？

施洛德用力吸了一口冷風，耳邊彷彿聽見齊格弗里德狂妄的笑聲。

他站在無人的街道，內心徬徨失措，不知道該往哪裡去。

伊索德趕在入夜之前回到家裡，她像平日一樣先向女管家招呼，然後與哥哥施洛德坐在客廳談話，通常入夜後都是他們兄妹談心的時間。

「哥哥，我告訴你，我今天跟齊格弗里德先生見面了。我發現他的言談之間很有貴族紳士的氣度，那麼英俊的人居然是哥哥的朋友……」伊索德正在講述自己一天的心得，但她見到施洛德冷漠的模樣，便停了下來，「哥哥，你好像很累的樣子，是不是工作太辛苦了？」

施洛德轉頭，嚴厲的目光掃向伊索德的右手，發現上頭空空的，便問：「戒指呢？媽媽在臨終前交給妳，刻上妳名字的那枚戒指呢？妳怎麼沒戴在手上，把它拿去哪裡了？」

「哥哥……我、我弄丟了。」

伊索德臉上游移著緊張與不安，她不敢看著施洛德，只好垂下目光以逃開哥哥的視線。

「弄丟？真的嗎？」施洛德的口氣擺明不信。

「哥哥，你為何這麼問呢？」少女的語氣微微弱弱的。

施洛德離開椅子並走到妹妹身邊，伸手扣住她的手腕，耐著性子又問：「我再問一次，妳把媽媽的戒指丟到哪裡了？」

伊索德抬頭，警覺地看著施洛德，她聽出哥哥這句問話有異，卻不肯坦承自己撒謊，於是倔強道：「我在花店工作的時候，因為修剪花莖，所以我把戒指放在工作台，卻弄丟不見……」

聞言，施洛德壓抑不下胸口充滿酸澀與忿怒的情緒，他臉上一熱，便帶著失控的情緒，伸手狠摑伊索德一道耳光。

伊索德錯愕地看著施洛德，撫著臉頰問道：「哥哥……為什麼？」

「妳真讓我大失所望，我不記得溫柔賢淑的媽媽把妳教得這麼會說謊話！來，哥哥再問妳一次，媽媽的戒指究竟怎麼弄丟的？」

「我不記得了！」

伊索德羞憤地撫著臉上鮮明的手印，心中百感交集，也有對哥哥的困惑，但她仍

倔強的扭開頭，執意這個說詞下去。

「好吧，看來我該去問齊格弗里德願望許夠了沒有，或者去許願池廣場找找看才對。因為就算問妳一百遍，妳還是不會說實話。」

施洛德將白天收到的卡片與藍玫瑰丟在桌上，發怒地說：「這是妳給我的禮物！我很高興我有這樣一個好妹妹，她居然可以為了一個男人，將父母留下的遺物像丟垃圾似的扔在池子裡面。」

他說完話，客廳隨即變得一片寂靜無聲，只有伊索德不停吸氣的聲音。

「哥哥，你誤會了，事情不是這樣的！」她站了起來，著急問道：「你為什麼知道我在廣場，又做了什麼事呢？」

「這張卡片和藍玫瑰難道不是妳請人送來修會醫院給我的嗎？說什麼有事情要找我談，結果卻讓我看到妳大白天跟男人相擁的樣子……說得好，這就是妳心目中的紳士嗎？」

兄妹談話的氣氛越來越糟，伊索德挨了施洛德的耳光，謊言又被戳破，這時再也顧不得尊嚴的向他承認道：「對不起，哥哥，我的確把戒指丟進池子。但是我說謊卻是為了替你許願，我也沒想到戒指一丟下去就找不回來了……不過，我並沒有送卡片給你，請你相信我。」

施洛德極力掩飾心裡的沉痛，惱怒地問：「既然要我相信妳，為什麼不一開始的時候說實話？妳這樣為所欲為，叫我怎麼相信妳？如果卡片不是妳寫的，究竟誰會特別送藍玫瑰過來？除了妳以外，根本沒人知道這隱含的意義！」

「我做這一切，只是希望你和齊格弗里德先生沒有紛爭。至於卡片的事，我無話可說，如果哥哥不再相信我，就當成是我做的好了。」

伊索德那如綠寶石般的美麗眼眸，一眨也不眨地看著施洛德。

施洛德張嘴喘氣的瞪著伊索德，他突然覺得妹妹變得好陌生，好像失去她以往替人著想的溫柔心地，她的這種冷靜，彷彿是對他的一種疏遠。

他試著跳脫憤怒的情緒，改用認真的口氣說道：「伊索德，我可以原諒妳的一切行為，但是妳要答應我，從今以後不跟齊格弗里德來往。」

「為什麼？」她問。

「因為，現在叫紳士的人都是變態！妳不能選那種人做朋友，妳不能……妳不能再次背叛我對妳的信任。」

「哥哥，你到底在說些什麼？為什麼我與齊格弗里德先生來往就成了對你的背叛呢？」伊索德皺著眉頭，臉色不悅地說道：「就算你不喜歡他，但你也不能壓制我交朋友的自由。」

施洛德氣急的看著她，又問：「老實告訴我，妳究竟跟他私下見了幾次面？他除了不要臉的擁抱妳之外，還做了什麼？」

「我們只見過一、兩次，真的沒做什麼。再說……他只是不小心跌倒，我扶住他罷了……這樣也不行嗎？」

她鼓著臉頰，看起來有些不滿。

施洛德見狀，真是要崩潰了。沒想到伊索德居然為那個男人公然說謊，難道她以為他看得還不夠仔細嗎？

以他對齊格弗里德的認識來說，他雖然對這個人的瞭解很少，卻很明白齊格弗里德懷有一份強烈的惡意，這傢伙絕不可能真心接近伊索德，一定別有目的。

這個男人的外表雖然俊美華麗，但他的心卻深不可測，施洛德就怕他的野心！為此，施洛德必須保護他純潔的妹妹，不能讓齊格弗里德玷污了她。

「伊索德，妳是個純樸的姑娘，不懂那個男人的內心，其實不像他外表那麼高貴。我太瞭解他了，那個人就像一隻活在森林的美麗野獸，只要他將利爪伸向妳，那妳準會被他活活撕爛的！」

聽了施洛德說的重話，伊索德神色不悅地說：「我知道你會這麼說，因為齊格弗里德先生說你不喜歡他，你討厭他！你這麼愛我，但是你不愛他，所以你才會一直說他的壞話。哥哥，你的心眼好小，居然容不下比你還優秀的男人，這是你討厭他的原因嗎？」

施洛德聞言，只能極力壓下憤怒的情緒，否則他一定會崩潰的……他的妹妹怎能相信一個外人，卻不相信他？

事情一下子變成讓施洛德難以控制的局面，他不只是震驚，還有更深刻的無奈。

他面容沉重的嘆息道：「伊索德，妳誤會了，我不是討厭他，是我知道齊格弗里德為人不單純，他的心藏了多少陰險的壞主意，那是妳看不見的黑暗！妳絕不能相信他！」

「你為什麼不試著瞭解他？他只是想做你的朋友！難道他的這份心意，還不能證明他是個寬大為懷的好人嗎？」

寬大為懷？施洛德差點沒被伊索德這句話給逗笑了，他只覺得這整件事荒唐透頂，可笑至極。

「啊哈、哈哈哈！我真希望妳知道自己在說什麼，伊索德，在妳小的時候，天真無邪可能是一種美德，但是在妳長大之後，那叫不知世事與愚蠢！」

伊索德見到她的哥哥一副取笑人的態度，再也不能容忍地瞪著施洛德，吃驚地說：「哥哥，讓我明白的告訴你！齊格弗里德先生送我回家的時候，說了不少自己的事，包括他是來自某地的貴族，學識充足，也對哥哥研究的魔鬼有自己的一套見解！

他希望哥哥可以接受他，不要老是板著臉罵他……」

「好了，妳說了他那麼多好話，究竟想怎麼樣？妳讓一個男人擁抱妳，這是淑女的行為嗎？妳今天一定要把話說清楚！」

此時，施洛德的表情明顯有幾分不高興，但是他依然忍耐著怒氣，想要聽伊索德的真話。

伊索德沉默了一下子，突然低下頭，小聲說道：「哥哥，我可以喜歡齊格弗里德先生嗎？雖然哥哥討厭他，可我沒辦法像你一樣拒絕他的存在……老實說，我從很久之前就喜歡上他了，我希望你能為了我去接受他。」

「什麼？我沒聽錯吧！伊索德？妳怎麼會……天啊！」施洛德震驚之餘，一連說了三句「天啊」，接著失去控制的坐倒在椅子上。

他此刻的感覺，就像被人狠狠潑了一桶冷水，還能感覺自己臉上每一吋的肌膚都在發顫，施洛德難以認同，隨即憤怒的看著妹妹。

伊索德臉上微微浮起紅暈，默認的點頭。

「我沒有聽錯吧？這不可能……妳怎麼可以喜歡他？妳有沒有考慮我的感受？妳怎能……」

施洛德氣惱地瞪著妹妹，嘴裡無法克制的吼叫道：「妳怎麼能背叛我？妳為了他，連我都不要了嗎？」

伊索德解釋道：「哥哥，你沒有失去我，你如果肯接受他，我還是你的妹妹啊！相信我，齊格弗里德先生是真心愛我的……只要你不再頑固，我們三個人是可以和好共處的。」

施洛德想，現在用天真來形容伊索德，還是無法取代她帶給他內心的震撼，如果這只是一個玩笑就好了！他沒想到這個純潔的姑娘，居然對出身神祕的齊格弗里德產生了愛意，這是他心裡最感到恐懼的事，得設法阻止她不可。

「伊索德，妳不可以把他當成合意的對象！相信哥哥，忘了齊格弗里德，我會幫妳找更好的男人……甚至我可以取代那些男人陪伴在妳身邊，讓我們永遠保持這樣不好嗎？妳為什麼一定要破壞這種和諧的關係呢？」

「施洛德哥哥，我做不到！因為我已經不可自拔地愛上他了。他說，如果你接受他的話，他就會像我愛他一樣的愛我。」伊索德如著魔似的說著，完全沒有姑娘家的害羞。

「妳到底在說什麼？這些鬼話是他教妳說的嗎？」

施洛德彷彿被憤怒的火焰燒斷了理智神經，他用力地抓著伊索德狂吼道：「天哪，我不敢相信妳竟然敢隨便把愛掛在嘴上，若是父親還活著，他一定會重重地賞妳耳光！聽好，假設齊格弗里德愛妳，我相信他的愛，一定就像丟在路邊的石頭般隨手可拾。在那種人的心裡，根本就沒有愛，他甚至可以把愛當成欺騙妳的謊言，妳快點清醒吧！」

伊索德腳步不穩的跌了一下，她用受傷的表情看施洛德，顯然受了打擊。她一直認為哥哥會祝福她的新戀情，卻想不到事實竟不如她預想的發展。

她的臉色因憤怒而漲紅，「他什麼也沒說！他會說的都是讚美你的好話，可我沒想到你為了使我離開他，居然中傷齊格弗里德先生……你怎麼變得這麼自私？你以前是個好哥哥啊！」

「我自私？不，變的人是妳，是他改變了妳的想法，伊索德！」施洛德充滿諷刺的複誦著妹妹指責他的話，接著無力地說道：「算了，既然妳這麼一廂情願，我也無法阻止妳去愛他。但是我要明白的告訴妳，假使妳相信並接受那個輕薄妳的男人的愛……那麼在我們兄妹之間的一切感情，也就跟著完了！」

伊索德傷心地哭了起來，她見施洛德竟這般狠心無情，只好帶著悲憤的啜泣聲跑上樓。

事情發展得如此不可收拾，其實施洛德心裡並不好過，他從沒嚴厲的責罵過妹妹，當他把話說完後就開始後悔了。

施洛德知道，害他們兄妹陷入如此不睦的關係，全是因為齊格弗里德這個元兇所致，他不能再忍受那個男人掀起的任何風暴，必須想個法子終止這一切。

即使他日後回想，這件事情正是他與伊索德失控的悲劇開端。施洛德仍不願承認，自己之所以對齊格弗里德抱持異常的妒意，是因為他的感情已經到了發狂的崩潰邊緣。

望著無人的客廳，施洛德被這樣沉寂安寧的氣氛圍繞，心中不自覺陷入一種絕望的哀愁。他望向窗外，凜冽的北風颳起枯黃落葉，捲來一絲像是葬禮前夕氣氛的蕭瑟。

## Dritter Aufzug : Capriccio
# 綺想曲　第九章

在齊格弗里德登門拜訪的某日下午，施洛德將他約了出去，並決定在他見到伊索德之前，搶先把話挑明。

「什麼？」

齊格弗里德失笑的說：「要我不能接近伊索德？像她這麼少見的好姑娘，我可是挺喜歡的，還打算好好疼愛她呢。」

施洛德冷冷地打斷他的話，說：「夠了，都是因為你讓我妹妹說了謊話，害我一時氣憤動手打她……我們已經吵破頭，兄妹之間的感情也破裂了。我不管你是否真心愛她，總之我不准你再跟伊索德糾纏下去，天底下有很多適合你的女人，請你放過她。」

齊格弗里德聽了施洛德充滿嚴正口吻的警告，他不生氣反而狂妄的大笑。

「你呀，還真是一個心眼狹小的男人，居然會為了區區的一枚戒指狠心打自己的妹妹。」

「那不是區區的戒指！」

施洛德低頭一想，發現齊格弗里德的回答並不單純，他的話鋒一轉，便問：「齊格弗里德，你為何知道我與伊索德爭吵的原因？」

「在下為何不能知道？」齊格弗里德把雙手背在身後，一副賣弄神秘的微笑臉色，「你不是因為收到我的卡片與玫瑰，喜孜孜的趕去赴會，卻又垂頭喪氣的回家嗎？」

「難道那些東西是你送來的？」施洛德震撼地看著他。

「對啊，我故意不署名，想知道你有什麼反應……結果你居然以為那是你妹妹寫的，還不相信她說的話，真是太好笑了。」

施洛德受不了齊格弗里德挑釁的言語，用手抓住他的衣領，發怒地說：「你存心挑撥我們兄妹之間的信任，圖的是什麼？你為何要這麼做？」

齊格弗里德瞇著眼睛，嘴角噙著冷漠的微笑，「真遺憾！我特意送你藍玫瑰，難道你還察覺不到我為何要送你花嗎？」

施洛德眼中盛著忿恨的火焰，倘若他放開齊格弗里德，肯定會掄拳揍人。他聽見齊格弗里德語帶玄機，便鬆手質問：「很簡單，是你向伊索德問出我喜歡的花，這才會送我吧？」

「噢，不。我送你花，還有更深一層的含義……藍玫瑰的花語是『無法結合的愛情』，用在你身上真是再貼切不過了。」

「你胡說什麼？」

「不曉得愛上自己的妹妹，又無法向人傾訴這種既醜陋又不容世俗的感情，算不算無法結合的愛情？」

「我沒有，那都是你自己說的！」

施洛德大聲打斷齊格弗里德的低語，又道：「你唆使她做出違抗我的行為，我也不想再追究了。我比誰都還瞭解你的野心，你要是還有一絲良知，就請你從我的世界徹底消失。」

「你說你瞭解我？」

他走向施洛德，用挑釁的眼神盯著面前穿西裝的男人，「有意思，也就是說……你知道我想做什麼？戴維安先生？」

施洛德討厭齊格弗里德，連他帶著笑聲的嗓音，都讓人感到厭煩。

「像你這種人想做的事，難道我還不夠瞭解？夠了，放過伊索德吧，我不能讓你像弄碎一顆雞蛋似的搗碎她的心，她已經瘋狂迷戀著你，甚至連我的話都敢違抗……你的目的也該達到了吧？」

「好笑，真是好笑，你以為我的目的只有這樣而已？」

「你究竟想怎麼樣？我已經說過你必須罷手，齊格弗里德！」

施洛德雖然曾對齊格弗里德有過探究的興趣，可他現在心中只有厭惡。

齊格弗里德聽施洛德一說，便把手放在他的兩肩，強硬地扣住之後，將自己的身子靠過去，使施洛德嚇得向後退。

齊格弗里德的視線滑落至施洛德胸口，用微妙的目光盯著他，低聲說道：「只知道我這麼一丁點的事，根本不配說瞭解我。我有興趣的東西……只有一個，你知道是什麼嗎？」

施洛德以為齊格弗里德指的是伊索德，但顯然不是。

那麼，這男人究竟看上了什麼？是他的知識、家產……或是其他東西？

不，他不敢再想了。這個人的出現已經徹底破壞他的生活，他絕不能容忍齊格弗里德繼續撒野下去。

「夠了，我不准你破壞我的人生！」施洛德咬牙切齒地說道：「你若再執迷不悟，我一定會……」

施洛德沒想到齊格弗里德聽了他的警告，眼眸像掠過閃光似的一亮，並且看著

他，興奮地發出陰冷的笑聲。

那個男人笑得惡毒的俊美容貌，始終烙印在施洛德的腦海，不曾遺忘。

「會比你現在更深刻的記著我嗎？好，你儘管無視我也沒關係，但我還是聽出了你的渴望。親愛的戴維安先生……不，施洛德，總有一天，我一定會得到你深藏在慾望之中的靈魂，請你記住，你是我狩獵的目標，我要你時時刻刻都痛苦地想著我，最後求我放了你。」

最後一句話直接落進施格德耳裡，他沒想到齊格弗里德居然把臉貼在他耳邊，用低沉的嗓音說著這麼大膽放肆的話。

施洛德心裡又驚又慌，連忙推開他。

「你這個無禮的傢伙！從現在開始，我不准你再接近我的家以及我的妹妹，聽見了嗎？沒有你，我相信我和伊索德所有的誤會都會冰釋。」

「你要這樣自欺欺人到什麼時候？」

齊格弗里德聞言，又是一陣大笑，「你若不是因為深愛的妹妹被我搶走，故而懷著嫉恨的心情打你妹妹，難道是因為我不再繞著你身邊打轉，覺得寂寞，進而發現你心中對我懷有熱烈的愛情？不好吧，不管你愛誰，若不好好地表達情感，悶太久會得內傷喔。」

施洛德被齊格弗里德作弄的一番話，氣得咬牙切齒，連牙根都要咬斷了。

齊格弗里德鮮紅的眸子，映出一道暗示的光芒，「你知道為什麼我對你有興趣嗎？因為你這個人心裡藏著連你自己都無從知悉的感情，即使沒人發現，可我卻比誰都明白……」

「你這個偽君子，不敢承認自己醜陋的慾望，看了真是噁心。」

不等施洛德回答，齊格弗里德又說：「施洛德，我趁此機會再問你一次，只要你點頭成為我的夥伴，所有令人困擾的事都會化為雲煙……只要你接受我，我就給你整個世界。」

施洛德困惑地瞪著齊格弗里德，他覺得這句話好熟悉，但又不知曾在何處聽過。

當他看見齊格弗里德對他眨眼微笑，便冷冷回答，「我不要。」

「這是你第四次拒絕我，為什麼？難道在你心中只有你的妹妹，就算我再多麼深入你的內心，你還是無法認同我？」

面對齊格弗里德的質問，施洛德冷言冷語的駁道：「像你這種行為卑劣的人，不管做再多事都沒有用。最好的方式就是請你離開這裡，或許以後我見到你，還會對你點頭微笑，這樣你明白了嗎？」

齊格弗里德之前的從容氣度，就像在臉上戴了一副微笑的假面具，當他聽了施洛德冷淡的回應便卸下假面具，臉上那對晶瑩的紅眸，摻了一絲焦慮的神色。

「你到底對我有什麼不滿？我有知識才華，容姿儀態，論家世更是顯赫，像我這麼好的人，你居然視而不見，好像在你眼中，我無論存不存在都是一樣的！」

「確實如此。你只是明白得太晚，現在死心還來得及。」

見施洛德單薄有型的嘴角，勾勒出一抹嘲弄的微笑，這使齊格弗里德眉頭間的皺紋變得更加深刻了。

施洛德並不認為觸怒齊格弗里德，能為他帶來什麼不好的後果。

實際上，不管有無齊格弗里德這個人，他都不在乎，因為打從一開始，齊格弗里德就不是施洛德所期盼的存在。

齊格弗里德雖然感到惱怒，但他立刻就恢復了鎮定。那種鎮定能平靜他任何沸騰的感情，使其冷靜，並再度戴上刻著微笑表情的假面具。

「好，你想悍衛妹妹的安全，所以處處提防著我。你也太小看我了，如果我想得到她，你就是拿二十把利劍抵在我的胸口，還是阻止不了我把她帶走。」

「那我只好為了她，先下手殺了你。」

「你殺不了我的。」齊格弗里德自信地微笑道：「就像你無法阻止伊索德愛上我一樣。」

施洛德胸口起伏不停，氣憤道：「你給我滾，不准你再出現我面前！」

「真不知道在我離開之後，你對魔鬼的疑惑又該找誰探究。」

齊格弗里德咧嘴笑著，他見施洛德沉默的樣子，搖頭說道：「看你這死腦筋，不管再過多久還是不瞭解魔鬼……拿去吧，我想你需要這本書，看了它之後，你就會搞

懂了。」

「我不要！」施洛德向後退一步，排斥的瞪著他。

齊格弗里德將那本從他們見面時就帶著的書，強硬地塞到施洛德懷裡，「我很期待你把書看完的時候……我們之後見了。」

施洛德看著齊格弗里德的背影離開，他的神情黯然，不說一句話的沉默。

此刻在他心中，有一個強烈而不幸的預感。

他感覺到妹妹將會離自己而去，可他卻沒有自信可以從齊格弗里德手中拯救伊索德。也許，那個人會從他面前奪走伊索德，並玷污她清純的靈魂，讓她墮落到無邊地獄……就算如此，施洛德仍告訴自己必須保護伊索德，不能讓她被傷害。

即使想起伊索德哭泣的樣子，仍讓施洛德感覺悲痛，但是他保護妹妹的這份決心，是誰都勸說不了的堅定。

隔日，施洛德便向醫院請了一個月的長假，他除了想利用這期間與伊索德重修舊好之外，還想試著跟她溝通關於齊格弗里德的事。

雖然她未必肯聽他的解釋，但是他們兄妹的感情不容一個外人破壞。

當施洛德花了一上午的時間，去許願池廣場撿回伊索德掉落的戒指後，他帶著一身髒污回家，卻見到修會一名長老登門拜訪，他隨即命女管家備茶招待客人。

施洛德換下衣服，與客人坐在客廳喝茶。這位長老是施洛德加入修會後認識的朋友，兩人已經很久不見，談話起來很有話題，彷彿怎麼聊都聊不完似的。

「我發現你很久沒回修會研讀經書了，最近忙著工作嗎？」長老問。

施洛德有些抱怨地說：「說到這個，我就頭痛！長老，修會對於保護會員資料的制度如此不嚴格，害我最近被一個自稱貴族的修士不斷騷擾。」

長老原先對此事感到相當好奇，但經由施洛德的口述，在他和悅的面容上居然浮現一絲怪異的不安。

「你說他的名字叫……齊格弗里德？這不可能，你一定是認錯人了。」

「我沒認錯，他在自報姓名時，確實說他叫這個名字。」

「那就奇怪了……這個人不可能到弗蘭艾克，也許是另一個同名同姓的人。但也不可能，加入我們修會又叫這個名字的會員，只有一個，但是那個人……」

施洛德感興趣地追問：「繼續說下去，究竟怎麼了。」

「加入修會的那個人雖也喚作齊格弗里德，可是他自始至終都住在宮廷，何況他幾個月前就因不明的怪病過世了。在這種情況下，他不可能千里迢迢的趕來弗蘭艾克，向修會要了你的資料而與你見面！施洛德，你確定你見到的人是同一人嗎？」

施洛德震驚地看著長老，接著聽見一道聲響。他轉身過去，見到站在牆角，露出一臉受驚神情的伊索德。

她渾身顫抖，就像聽見什麼恐怖的事情。

送走友人，施洛德走到妹妹身邊，目光溫柔地看著她。

「伊索德，妳全聽到了嗎？那個人是騙子，他冒用貴族的名諱接近妳，可他實際上是個詐欺犯……妳該醒悟了吧？」施洛德將戒指交給伊索德，又說：「妳不相信我，但妳一定要相信修會的人說的話。」

「這怎麼可能呢？齊格弗里德先生對我說了好多他的事，他看起來那麼英俊華麗……我不相信。」

「伊索德，別再執迷不悟了，忘了他，回到屬於我們平靜普通的生活吧。妳失去齊格弗里德，雖然難免會傷心難過，但是哥哥會陪在妳身邊……好嗎？」

伊索德察覺到施洛德話中帶著企圖，便說：「哥哥，你還是不願接受齊格弗里德先生。」

施洛德嘆氣道：「妳說對了，我不能讓妳跟他在一起。不管他是誰，我永遠不會接受他。」

伊索德聽見施洛德堅決表示不肯答應她的戀情，她跑上樓，把自己關在房間裡面。

她不吃東西也不出門透氣，還與女管家發生爭吵，連施洛德的話，她也不聽。

施洛德不禁想著要持續這種生活到什麼時候？再這樣子下去，他寧可自己先瘋掉，並且把一切過錯推給齊格弗里德。

那男人真實的身分究竟是誰？又為何要接近他們兄妹倆？

施洛德即使苦思不解，卻明白當他再次見到齊格弗里德，這一切的謎將會找到解答。

◆

時光流逝，夜幕籠罩在整片大地，又是一個惱人的夜晚。

施洛德一整天都坐在客廳沉思，他無法分割精神與生理的疲憊，卻執意鑽牛角尖想著各種令他煩惱的事情。

在那個他未能闔眼的夜晚，從窗戶外面望見一片漆黑的夜景，正好是個滿月。

施洛德做了一個深呼吸，試著分心去做其他事來消磨時間。當他的手指頭碰到擺在桌上的一本紅皮書，便忍不住翻開那本齊格弗里德交給他的書。

雖然施洛德是因為這本書才會認識齊格弗里德，但是如今他卻感到後悔萬分。

假使他當初不開門讓齊格弗里德進屋，這個人根本走不進他跟伊索德的世界。若是要有一個人來成為這件事的主兇，施洛德認為那個人應該是他自己，而不是齊格弗里德……但是，現在想這些又有什麼用呢？

施洛德百般無聊的翻閱著齊格弗里德留下的書，突然間，他飄忽忽的視線被幾行字吸引。

由於室內太過昏暗，他為了能更看清楚書中字跡，於是把放在桌邊的燈台挪到面前，柔和地照亮沾著枯黃水漬的古書，還有插著純白鈴蘭花的瓶子。

書中寫著——

魔鬼是人類將自身慾望投射在現實的幻影，也是背離正道，不受常理拘束的一種為所欲為的象徵。但是我們卻不得不信，在這個世界上，有一種具有實體的魔鬼，他

們以試驗人性為樂趣，也常與人類簽下「契約」。

與魔鬼簽下契約的人類，會從魔鬼身上得到一樣「能力」，這種能力可以實現平常做不到的事，但是需要以「代價」支付。

這個代價可大可小，小至書本或珍愛的一枚胸章，大至生命或是靈魂，一切端看魔鬼索取的內容而定。

魔鬼的真實面貌向來不為人所知，但是依最常見的說法則為：容貌俊美的青年或是妖艷動人的美女。他們有出色的外表，不凡的談吐，不僅女人為之瘋狂，就連男人也難逃魔鬼的掌控。

然而，他們出現在人類面前只有一個目的，那就是「玩弄人類的感情」與「誘惑人類，看他們面對自身慾望與道德良知，不斷糾結的心境」。

記住，不要被任何人誘惑的耳語迷惑了心志，或許這樣就可躲過魔鬼的引誘。

施洛德按照書上的內容逐字閱讀，當他看到這裡，渾身竟忍不住發了一個冷顫。他感到心頭被一種說不出口的恐懼攫住，讓他生平第一次嘗到何謂未知的恐懼。

施洛德神思恍惚的想，為何書上所述內容與齊格弗里德的特徵如此相像？為何他夢中的魔鬼急於與他簽訂契約？為何齊格弗里德與魔鬼之間，有種詭異又該死的共通性存在？

這一切的疑慮化成層層相疊的謎，衝擊施洛德的腦海，為這個不平靜的夜晚，添了些許弔詭的氣息。

想到齊格弗里德，施洛德不得不認為，那個男人有一種魅惑世上眾生的能力。他俊美的外貌、修長的身材，詼諧機智又不失冷靜優雅的性格，都足以令人為他神魂顛倒……

只不過，這樣完美又毫無缺點的人，為什麼會出現在這個小鎮，為什麼要冒用一個已死之人的名字？

「他」到底是誰？

一種可怕的沉靜完全壓倒了施洛德強裝出來的鎮定，他咳嗽幾聲，試著從寂靜的夜裡確定自己還坐在屋內，而不是站在外邊吹風，因為風聲實在太吵了。

入夜之後的風吹得窗簾不斷翻上翻下，那個聲音教人有點心煩，施洛德走到窗口，打算關上窗戶。

一道陰風從尚未關上的窗口猛烈地吹進屋裡。風中陣陣濃郁的血味，衝擊地直撲施洛德臉上，讓他忍不住咳嗽，急忙把窗戶用力拉上。

在那當下，一片淺藍色的玫瑰花瓣，冷不防停在施洛德腳邊，奪去他所有注意力。

此時，門外響起一道輕微的拍門聲。

先是「咚」的一聲，然後像用盡所有力氣的大力拍門，那種嘎嘎作響的怒吼聲讓施洛德被動的站在原地，對一片深邃的黑暗出神凝望著。

過沒多久，門閂在拍門聲靜止後突然斷裂，整扇門板彷彿被人用力踹開似的飛向屋裡，呈直線摔在地上。

那是喪曲的開端，特別是在沉寂的夜晚。

陰暗的客廳揚起一陣飛灰，響起施洛德的咳嗽聲，所幸他見狀便急急退開，才不致被無端飛來的門板襲擊……但這是誰做的？

「是誰？」

施洛德忍耐心中的不安，扯開喉嚨喊了一聲。但是隨即出現的人影，居然像毫無重量的幽魂般移動到他面前，把施洛德嚇了一跳。

施洛德瞪大眼睛，難以置信的看著一道黑影從門外「閃」進門裡，當窗外的月光陰森森地灑在黑影身上，照亮他一身黑金色的打扮，這時施洛德心裡莫名湧起的不安也隨之升漲。

這個聲音令人相當熟悉，不管施洛德聽過幾次，他都知道此人是齊格弗里德。

「你好嗎？」

齊格弗里德大搖大擺的走進屋裡，毫不在意屋裡的人用憤怒的眼神瞪著他，以熱情的笑容向施洛德打招呼。

「你居然還敢來這裡……齊格弗里德，不，你到底是什麼人？」

齊格弗里德挑眉，察覺施洛德警戒的表情與口吻，於是將腳步趨向面前的男子。

「我說過，我藏在你的心中，只要你需要我，我永遠都會在你身邊。但是，你絕對殺不了我，因為你泯滅不了深藏在自己內心的人性。你若要殺我，等於拿刀自殺……這不是很好笑嗎？」

從門口灑進屋裡的柔和月光，陰森森地照在齊格弗里德身上，讓他盈著艷麗微笑的臉龐看起來比平常還要冰冷。

「我不聽你說話，請你快滾，這裡不歡迎你！」施洛德發怒地說。

「事情擺在你眼前，為何你要一再拒絕去看？是一時的意氣之爭，還是閣下不如我想得聰明？」

齊格弗里德撥弄著垂在胸襟的金髮髮絲，狂傲自滿地看著施洛德，問道：「我最後再問你一次，究竟要不要服從我？聽著，我已經沒有耐性了，你最好不要惹火我。」

聽見齊格弗里德這句話，令施洛德更加惱火。他討厭齊格弗里德，也不喜歡這傢伙如此不可一世的態度，害他當場氣得從桌上拿起書本，將它狠狠地砸向齊格弗里德。

但是，不可思議的事也在這時候發生了。

施洛德愣愣的站在原地，他希望是自己的眼睛產生幻覺，或是齊格弗里德有隨身帶著利劍的習慣。因為他扔出去的書，竟然在他面前憑空被撕成兩半。

齊格弗里德將雙手放在背後，用一種好整以暇的微笑樣子望著施洛德，接著為他理清疑慮似的說道：「關於我的來歷，你不是早就從修會長老的口中問到了嗎？難道你還嫌不夠，非要把事情攤開在太陽底下弄個明白，你才會真正罷休？」

「齊格弗里德！」

施洛德厭惡的看著男人謔而不虐的笑容，恨恨地罵道：「我說過只要再讓我見到你，我非殺了你不可。」

「我也說過，你無論如何都殺不了我的……算了，不提這事，難道你不能跟我好

好坐下來聊天，談談那個短命的貴族怎麼被我弄死，又怎麼被我取用名字的嗎？」

「你說什麼？」

「那個男人禁不起誘惑，才稍微把他關起來折磨一陣子，就一副病得快死的模樣……脆弱的人類。不過，我對他的名字甚是喜歡，在他死前帶走他的名字，讓他得以另一種形式活在世上，這主意不錯吧？」

施洛德點點頭，一臉恍然大悟，自以為什麼都懂了。

「你的名字是假的，連身分也是假的，卻能騙過修會的耳目，行徑囂張的在本鎮活動。」

齊格弗里德平靜的望著施洛德，臉上依舊充滿笑容。

「你是誰？接近我有什麼目的……你身上有帶劍嗎？否則你剛才怎麼……」施洛德見齊格弗里德可以淡然的講述令人驚駭的事，聲音不自覺的顫抖起來。

「有些人身上沒有帶劍，但是也可以用與生俱來的能力保護自己……特別是帶著敵意的攻擊，戴維安先生……不，應該改口了，親愛的施洛德，知道我是誰有這麼重要嗎？」

「你弄壞我家的門，究竟想做什麼？你想做什麼？」

齊格弗里德笑笑的沒說話，但是他的眼神跟從一開始施洛德認識他時，幾乎一模一樣的邪惡。

「我想做什麼，你應該很清楚。」

施洛德張著嘴喘氣，發覺男人想說的話，便大聲地說：「你想帶走伊索德？好啊，想都別想，我不會允許你對她亂來的！」

「即使是死？」男人問。

施洛德說：「對，就算你殺了我，我也不會讓你把她帶走！」

「錯！你完全猜錯啦，施洛德！你怎麼傻得以為我是為了伊索德那種女人？如果我要帶走她，你根本攔不住我，如果我要帶走她，理由只有一個……」

齊格弗里德維持一段很長的沉默，直到確認施洛德眼中的錯愕，才笑著說：「我想看你痛不欲生的樣子。」

「你說什麼？」施洛德發怒的吼著。

「嘖，你真不是普通的傻子，我記得我把目的說得很清楚啦……但是你卻一點都不把它放在心上。」

齊格弗里德彎著嘴唇，露出充滿食慾的眼神，「不管我怎麼討好你，你還是那樣不領情，所以我就想了一個辦法……只要把伊索德從你面前帶走，你就會比現在更加地恨我，更加記得我吧？」

施洛德緊緊抓著齊格弗里德的胳臂，想把他推出殘破不堪的家門。

「你終於把你的野心說出來了。你想要什麼？我的命，我的家產，還是我的知識？你想要什麼就儘管拿去好了，但你休想從我身邊奪走伊索德！」

「你除了這些，難道不能往其他方向想嗎？你不想知道為什麼我挑上你的妹妹嗎？你難道不想知道……我究竟是誰？」

施洛德不能忍耐的推開齊格弗里德，但是卻反而被他抓住手，任施洛德如何抵抗，就是掙不開。

齊格弗里德把施洛德拉到他面前，讓施洛德近距離看見他猙獰的面孔，露出富含野心的駭人笑容。

「我身上的確沒有任何利劍。但是只要我想，你的身體現在早就被我砍成兩半了。施洛德，你還不明白？糾纏你多年的夢境，還有我給你的那本書，不是都很清楚的告訴了你，關於我具體的存在了嗎？」

「你……你不是人，到底是什麼東西？你為什麼不找別人，為什麼挑上我跟伊索德？」

「施洛德，你這迂腐的死腦筋非要我說明白才懂？」齊格弗里德臉上浮出陰森的微笑，「我說過，只知道我那些一丁點小事，根本不配說瞭解我……我對你，以及你寫的故事都看不順眼。說到底，這都要怪你自己！你這麼瞭解魔鬼，怎麼不見你猜出我的身分呢。」

施洛德聞言，渾身打了一個猛烈的冷顫，「原來你是……」

此時此刻，齊格弗里德的聲音與某種銳利的刃物聲同時竄進施洛德耳裡，讓他感

覺到脖子被一種冰涼與刺痛的觸感刺破，進而灑出炙熱的不明液體。

就在施洛德指著齊格弗里德的臉，想對他說「原來你是魔鬼」這句話的時候，卻已經叫不出聲音，只剩虛弱的氣聲在死寂的室內迴響著。

這感覺讓施洛德似是發現什麼，他用手抹抹脖子，發現手上沾著一大片溫熱的鮮血。他突然看見齊格弗里德站在自己面前，便像躲避來襲的猛獸般倉皇退開。

施洛德不敢置信地看著這個有如魔鬼的冷血男人，不但像弄死蟲子似的割破他的脖子，還一臉陰笑，好像這一切只是死之宴會的開端。

「好遺憾呀，看來我只好接收你的妹妹了。」

施洛德聞言便將手用力伸向前方，他雖想阻止齊格弗里德卻渾身無力，只換得手臂上傳來的痠澀感。接著，在施洛德暈眩的視線之中，他彷彿看見齊格弗里德的身體往他面前倒下……

不，應該是他倒在齊格弗里德面前了。

齊格弗里德踏著輕柔腳步走上前，就像進入三流恐怖片的高潮般，停在施洛德伸直的胳臂旁，面帶笑容的冷瞰他將死的模樣。

「這是你自找的死路，怨不得我，雖然你對我而言很新鮮，不過跟你再耗下去也沒意思。」

齊格弗里德一改笑容，他惡狠狠地看著施洛德，嫉恨地說：「本來我還不想做得這麼絕情，但你拒人於千里之外，不得已……只能讓你恨我了。」

施洛德感到心跳被恐懼凍結成冰，他睜大雙眼，張嘴喘氣的模樣就像一隻脫離湖水的魚。儘管他想多活一點時間，無奈只能倒在地上，什麼也做不了。

當他從地上爬起，勉強以痠軟的膝蓋跪在地上，卻禁不起劇烈如火燒的疼痛，幾乎站不起來。施洛德暈昏的視線因為大量失血而模糊，連齊格弗里德冷瞰自己的面容，也都看不清楚了。

他以為齊格弗里德會想盡辦法弄死他，只要他死，這個男人才會停止自以為是的遊戲。可是施洛德卻忘了那本書記載的內容，因為齊格弗里德不只想要殺他，還想用更惡劣的方法致他於死地。

或許是剛才門被撞飛以及施洛德的倒地聲響傳到樓上去了，他還來不及阻止妹妹出現，便見到齊格弗里德拉著伊索德，逼她看自己哥哥的慘相。

「齊格弗里德先生，這是怎麼回事？」

「妳想知道他怎麼了嗎？」

施洛德聽見這聲音，還以為他快死了，沒想到那個魔鬼居然以如此溫柔的聲音對伊索德說話，這一定是幻覺吧……難道說，齊格弗里德打算在玩弄伊索德之前先誘惑她？

無論那個魔鬼想做什麼，他都不能坐視不管。他要拚死救他的妹妹，絕不讓齊格弗里德的野心得逞！

一道少女淒慘的驚聲尖叫，引起了施洛德的注意。

他跪爬在地，顧不了地毯被自己的血弄得髒濕，只希望能盡最後一份力量，從魔鬼手下拯救妹妹的性命。

伊索德似是被施洛德渾身染血的樣子給嚇得發抖，她掩著臉，止不住狂奔的心跳，「哥哥，你怎麼流了這麼多血？是誰殺傷了你？」

施洛德能感覺自己身上正源源不絕散發著濃郁的血味。通常這種味道不只會吸引酷愛腐屍的蛆蟲，還能令喜歡慘劇的魔鬼露出愉悅的冷笑。

只有一樣東西能吸引最喜歡鮮血的魔鬼，那就是慘劇。

站在伊索德身後的齊格弗里德，他的臉上泛著冰冷的笑意，不為所動的站在原地，好似這一切與他無關。

施洛德遮掩脖子的傷口，不願讓妹妹在黑夜裡染了一身血腥味。

他拚命比出手勢要伊索德逃走，發現齊格弗里德陰冷的氣息像野獸一樣撲了過來，施洛德雖感到恐懼，心中卻只有一個念頭。

他絕不能讓齊格弗里德對伊索德下手，她是他最美好的夢想，他必須保護她不受一絲損害！

施洛德張大嘴，想要吼出聲音，然而他被割破的喉嚨卻只能發出微弱的氣聲，根本無法遏止慘劇的發生。

伊索德還沒從強大的震撼甦醒過來，她不安的視線觸及齊格弗里德，便緊張地問：「齊格弗里德先生，你曉得這裡發生什麼事了嗎？」

齊格弗里德以冷淡的眼神輕掠伊索德全身，露出像海盜在掠奪處女之前的殘虐微笑。

他走近伊索德，將她橫腰一抱，像忍耐著極想揉碎柔軟蛋糕似的把她給摔到桌上，有如狂風肆虐脆弱的花朵，只為滿足自己一己之慾。

寂靜的室內迴響著男人鮮血滴嗒落地的聲音，偶爾夾雜幾聲像空氣從被割破的水管噴洩的呼吸聲。過了會，一道桌椅相撞，重重倒在地上的聲音劃破這可怕的沉靜。

施洛德竭盡全力，勉強從地上掙扎著爬了起來，可他的渾身無力與將近死亡的痛苦，還是導致了一樁慘案的發生，那不是一個身心正常的人看得下去的畫面。

少女驚慌地尖叫，「齊格弗里德先生，你要做什麼？」

男人以高大的身軀將少女壓在桌上，他抓住她不斷亂揮的雙手，微張的唇瓣顫出了暗示的笑聲。

「聽妳的哥哥說妳很愛我？那妳又何必叫呢，我也非常愛妳啊。」

「齊格弗里德先生，救救施洛德哥哥啊！他躺在那裡受苦，你怎麼視而不見呢？」

「別急，也別緊張，這一切我都曉得。因為他太礙事，所以我殺了他……在他死前，讓他看自己的妹妹被別的男人抱在懷裡的樣子……這不是很美妙嗎？」

伊索德見齊格弗里德拉住她胸前的白色領巾，粗魯的一把扯掉鑲在上頭的綠色寶石，不禁害怕地尖叫。

齊格弗里德將細長的手指按在伊索德衣領上，輕滑著指頭，以尖細的指甲勾住綴有白色蕾絲邊的領口，用力往下一劃，發出好大一道撕裂衣服的聲音。

少女發現身上的衣服被男人扯破，進而被用力撕開，裸露出了一整片白皙的肌膚，她除了歇斯底里的哀號掙扎，好像也做不了什麼抵抗。

男人厭煩的打她一耳光，讓她停下尖叫，怒聲道：「哼，像妳這種女人也只有這種價值。要不是為了妳，我就不會花那麼多時間！妳讓我白費力氣，總該讓我回收一下成果吧？」

伊索德不敢置信的瞪著他，「你說你愛我……」

「愛是什麼東西，那能值幾個錢啊？」齊格弗里德朝身下的少女露出冷酷的笑容，「妳哥哥呻吟的聲音比妳的叫聲還好聽上萬倍，妳再不給我安份一點，等一下還有苦頭要吃！」

「住手，不要……求求你不要這麼做。」

齊格弗里德的冷酷無情，令伊索德嘗到洩氣、羞辱和挫敗的滋味。她自知無法抵抗，盛滿眼眶的晶瑩淚水便決了堤，哭得讓人心疼。

不過，少女的感傷對毫無人類情感的魔鬼而言，就如哭泣與喜悅並無太大的差別。他對伊索德露出冰冷的微笑，細長的手指在她象牙白的肌膚留下鮮紅的爪印，進而滲出了血痕。

「不管聽幾次，人類的哭叫聲始終讓我打從心裡感到舒爽。但是現在，我只想知道他究竟迷戀妳什麼地方……是嬌美的容貌，還是藏在衣服底下、吹彈可破的白嫩肌膚，還是純潔的靈魂呢？無論如何，妳的靈魂一定跟妳的人一樣美，讓我見識一下吧！」那壞種得意的說。

施洛德用盡力氣站起身，但他卻只能渾身顫抖的看著發生在眼前的一切，他很明白接下來的發展會變得如何。

他救不了伊索德，從一開始他就知道他救不了自己的妹妹，只能睜大雙眼，看齊格弗里德如何蹂躪她。

儘管他想衝過去阻止齊格弗里德，卻踩到腳下的鮮血而滑倒。

「哥哥，施洛德哥哥！救我，快來救我，哥哥！」

施洛德使出全力也只能微微抬起臉，看到伊索德被齊格弗里德壓在桌子的驚慌神情，她嚇得面色蒼白，頭髮因為過度的驚慌而凌亂的垂在肩上。

她朝施洛德的方向伸手，希望他爬起來給欺負她的壞男人一拳。但是不管伊索德怎麼期盼的看著他，施洛德只能跪在地上，完全無能為力。

施洛德無力的跪倒在地，他能感覺臉上被無數汗水沾濕，身上染著汗血交織的苦

痛與悲傷，腦海僅剩撕扯自尊心的念頭。

『放過伊索德，放了她……我可以服從你，可以什麼都不要……請你放過我的夢想，你饒過她，不要污穢她的純潔，求求你！』

一種因悲憤而劇烈喘息的痛苦逼迫著施洛德，讓他連走動的力氣也沒有，只能勉強以鼻間僅剩的一絲氣息，睜大雙眼看著發生在他面前的悲劇。

正當這時，一道打破花瓶的刺耳聲響傳進施洛德耳裡，他那因大量失血而漸漸模糊的視線，看到地上四處散落白色的鈴蘭花，其中一朵還掉在伊索德腳下，宛如她不幸的際遇。

美麗潔白的花朵不斷顫抖，彷彿已預知毀滅的一刻。

桌上相疊的兩道身影沒有動靜。男人把臉埋進少女柔嫩的脖頸，他的行為就像一條毒蛇，將身軀緊緊纏繞著垂死的青蛙，當青蛙因為毒蛇致命的擁抱而渾身發抖，毒蛇隨即張開獠牙，將致命的毒液注入青蛙體內。

少女被咬破的傷口噴湧出大量的鮮血，一道血水順流而下，滑過她柔白的身體曲線，直到滴落地上的鈴蘭花，宛如她墜下黑暗深淵的靈魂。

鮮血滲進花瓣，污損它純白的無瑕，花朵輕顫幾下，猶如少女空洞的眼眶泛出的熱淚。

施洛德拯救不了發生在妹妹身上的悲劇，他看著地上那朵不斷被血染紅的鈴蘭花，就像被罪惡與污穢撕裂全身的伊索德。

隨著施洛德視線的模糊，他只聽見伊索德最後的哭喊聲。

「哥哥，對不起，對不起，請你原諒我……」

她充滿絕望的叫聲，將發生在自己身上的悲劇推到了極致，而她那句求哥哥饒恕的原諒話語，也都隨著施洛德暈昏的意識一併消失，讓他再也無法確認了。

0000000010
ZEHN
-OPER-002-

# Dritter Aufzug : Capriccio

# 綺想曲 第十章

施洛德的意識浮浮沉沉，彷彿在做一個充滿幻覺的夢，強大的死亡黑幕壓迫他的靈魂，要把他拖入更深邃的絕望之中。

儘管施洛德的一條命被魔鬼折磨得半死不活，他心中掛念妹妹的生死，又從暈死中醒了過來。

伊索德一動也不動的倒在桌上，讓他看得一口氣哽在喉嚨，提不上來。

伊索德的屍體橫躺在桌上，過了一會便從桌上摔到地上，宛如一具沒有意志的洋娃娃。

在重重的一個聲響結束之後，屋裡響起那個令施洛德憎恨的男人聲音。

「可憐的施洛德，你看起來好淒慘，就像穿了一件圓領的紅毛衣。告訴我，你在死前有什麼心願？或者我能在你雜草叢生的新墳前為你默哀？」

『我要殺了你！』

施洛德一句話也說不出來，但仍恨恨地瞪著齊格弗里德，想把他的樣子刻在腦海，那麼即使他掉進地獄，也能在地獄尋找這可恨的魔鬼。

「我真不想讓你死，總覺得這麼輕易讓你死，太便宜你了。要怪就怪你自以為是的愚弄魔鬼，如今妹妹被魔鬼殺掉的滋味如何？或者你恨我，要留著這條爛命復仇？」

施洛德眼前開始暈眩，他看著齊格弗里德露出像見到有趣事物的笑容，心裡湧現了困惑。

魔鬼拾起地上的花瓶碎片，往手腕劃下一條深可見骨的血痕，他微微皺眉，傷口立即血流如注。當他將大量的鮮血注入施洛德被割裂的脖子傷口，居然露出一副很享受的愉悅神情。

「你這麼恨我，一定很不想死。但是諷刺的是，只有讓我的血跟你的血融合，你才能活下去。施洛德，我是一個沒有形體的存在，而齊格弗里德的名字又讓我十分喜歡，所以你就喚我這個名字吧。」

施洛德張著嘴，喘息著吐氣。他感覺體內有兩道奇異的力量正在衝擊，導致他全身痛苦難忍，幾乎聽不見齊格弗里德的聲音。

「對了，我們來玩個沒有時限的遊戲。不管何時，只要你殺了我，我就把伊索德的靈魂還給你，讓她早登極樂天國，你覺得如何？」

「你聽好，我給你的這個能力非常強大，甚至可以讓你殺了我，除了我以外，沒人記得你。那麼，用你哀傷的憎恨之心回想今夜的事吧，將我的身影烙印在你的腦海，直到你再次見到我為止，那是你唯一致勝的關鍵……若有緣份，我們自當再見。」

魔鬼充滿惡意的聲音侵襲施洛德的耳膜與皮膚，當他被動的任魔鬼將血液注入他

的體內，一股麻木感令施洛德失去意識，這就是施洛德與魔鬼簽下契約的開始。

令人感到悲哀的一夜過了，在隔日還未天亮時，施洛德隱約聽見了窗外響著鳥鳴，當鳥叫聲與日光的溫暖從窗子隙縫流了進來，他便自晨光中悠悠轉醒。

施洛德坐在地上，察覺身上殘破不堪的衣服沾滿乾涸的血跡，便下意識摸摸脖子，竟發現毫無傷痕。

施洛德感覺自己做了一個悲傷的長夢，當他將視線移至遠處地上的屍體，恐懼便佔據他的心思。

他起身走向伊索德，全身顫抖的擁住妹妹，執起她冰冷的手指，看她暗如死灰的面色，這感覺教他痛不欲生極了。

回想魔鬼出現在他面前，引誘他的妹妹，毀掉他的人生與幸福。儘管施洛德痛苦

不堪，一想起自己挽救不了妹妹的性命，縱使心裡有恨，仍哽咽得說不出話。

「伊索德……是哥哥害死妳的，原諒哥哥……」

他唇邊發出低沉濃濁的哽咽聲，「如果我沒有認識齊格弗里德，妳就不會遭遇到這麼可怕的事，對不起，我不配做妳的哥哥。但是我答應妳，有朝一日，我會殺了魔鬼替妳復仇，用他的血洗淨妳的靈魂。」

施洛德心中掠過一個想法，他認為相信神，將這些苦難交由上帝決斷已是無用的了。他決定靠自己的力量除去魔鬼，即使會下地獄也無所謂，只要能讓伊索德的靈魂早日進入天國，不管多大的苦痛，他都可以忍。

他恨齊格弗里德與那該死的遊戲，不管如何，他一定要殺了魔鬼為妹妹復仇。

施洛德深深地吸氣，他見伊索德的衣服被撕得粉碎，抱起她毫無重量的身體上樓，洗淨她一身的髒污，為她換上乾淨衣服，也為自己換了一套灰色西裝。

他想，這是他以哥哥的身分為伊索德做的最後一件事，以後再也沒有機會了。

施洛德將伊索德穿戴整齊的屍身放在床上，走向房間衣櫃，自裡面取出家族流傳

下來，傳說中可以驅逐邪魔的銀手槍。

這時，房外突然闖入兩道人影，指著施洛德大叫：「你是誰，怎麼亂闖別人家裡？」

施洛德轉頭看見女管家及僕人，便道：「你們不認得我了？」

兩人互望一眼，臉上寫著陌生的警戒神情。

「你們在跟我開玩笑嗎？聽著，我沒心情，最好快點回答我。」施洛德睜大雙眼，神態不悅的責備道。

兩人見狀，便說：「我們從沒見過你，這裡是我家老爺的屋子，請你快點出去。」

「沒見過我？你們在說什麼，我是施洛德，我是戴維安家的主人！」

「戴維安……從沒聽過這個姓氏，請你不要再胡說八道了。」那些人一臉正經臉色道：「我們住在這個家已有二十餘年，今天是第一次見到你。」

施洛德聽到老僕人說的話，震驚之餘著急的巡視房間，試圖找出他確實以戴維安

家少主人的身分住在這個家的證明。然而，當他拿起放在桌上的相框，卻發現相片裡都是他沒見過的陌生人。

「這張相片明明有父母親以及我和伊索德，為何我沒看過這些人？你們知道這是怎麼回事嗎？」

女管家上前，不客氣的搶走施洛德手中的相框，說道：「請住手，你到底是誰？為何死賴在這裡不走？這家的人根本不姓戴維安，他們全是黑頭髮，沒人像你有一頭難看的灰髮！」

這句話猶如天雷貫穿施洛德的身體及內心，他拖著搖搖欲墜的身軀，走到掛在牆上的一面穿衣鏡，眼裡盛著驚懼地審視鏡中的自己。

「這是我的臉？這灰色的頭髮和慘白的臉色是怎麼回事？我原來帶著褐紅光澤的髮色又去哪裡了？不對，這不是我，一定有什麼地方弄錯了……」

施洛德看著僕人，想從他們認真的神情尋找一絲開玩笑的樣子。施洛德的心思慌亂不已，只想趕快逃脫這個可怕的處境。

「你到底是誰？」

施洛德被僕人一問，不禁啞然失笑，他何嘗不想要知道問題的答案？他是施洛德，可是他卻失去所有的外貌特徵，不但無法為自己證明，還得被人驅趕出這個他住了二十幾年的家。

他的神色漠然，見女管家及僕人一臉防備的樣子，讓他什麼都懂了。

自他醒來後，一切都變得好陌生，若要為這些異變的現象找出一個原因，他想這或許和魔鬼救活了他有關。

魔鬼說沒有人會記得他，這也許是魔鬼設下的計謀，目的是要整個世界徹底孤立他……可是，魔鬼為什麼要這麼做？又為什麼要讓他活下來？

雖然施洛德百思不得其解，他卻知道自己過去留在這個家的記憶，已經隨著他的重生被徹底抹滅，不會再有人記得他的名字——施洛德・戴維安。

「別再編造謊言了，請你和這位小姐離開吧。」女管家走到床邊，她觸及伊索德冰冷的屍身，隨即像觸電似的跳開。

「這小姐的身體僵硬，她死了！」

施洛德推開女管家，將伊索德抱在懷裡，臉上交織著淒涼傷感的神色。

這是他過去從未想到的處境。以往待他們兄妹親切溫和的人，居然用看陌生人的眼神看他，彷彿他們的存在已從這個世界消失，不再有人記得他們。

「快走，別留在這裡，萬一被主人知道這裡有具屍體，我們會被責罵的！」僕人憤怒的驅趕道。

施洛德盡力使自己平靜，因為任何氣憤的情緒都無法改變他現在的處境。

他抱起伊索德，在僕人疑忌的眼神下，離開那個他自小生長的大屋子，走向鎮上教會，編造出一個妹妹不幸病發身亡的理由，要求熟識多年的牧師替她舉行葬禮。

然而，那位與施洛德甚為交好的牧師，居然用一臉莫名其妙的眼光看著他。

「你是誰？我從來沒見過你。」

施洛德面對牧師的質疑，他既不傷心也不難過，這些事實只是更加深他心裡的認知。

他的妹妹肉體已死，靈魂卻被魔鬼帶到地獄受苦。他雖然繼續活在陽世，但是對全世界而言，他的存在與幽靈沒有兩樣，沒有人記得他。

施洛德抿直唇線，壓抑著有些悲傷的情感，說道：「我與妹妹途中經過這裡，沒想到妹妹亡故，為了安撫她的靈魂，這才冒昧到教會請求您的協助。」

一群神職人員見狀，紛紛以狐疑的眼神打量男子與他手上的女性屍體。

對那些神職人員來說，他們舉行過很多葬禮，可卻沒人像這名灰髮男子抱著屍體公然走進教會。若非男子出手大方，他們可能不願意替一個無名無姓的異鄉人辦身後事。

「好，神對任何靈魂都是寬容的，請問令妹叫什麼名字呢？」牧師問。

「戴維安……伊索德．戴維安。」

施洛德回答的聲音異常冰冷，「她是不幸死去的，不必挑時間地點，只要能讓我妹妹下葬安息就夠了。」

在安魂彌撒曲的陪襯下，伊索德置身於一副黑色棺木，選在離教會不遠的一塊墓園舉行葬禮。她穿著黑服，頭戴黑紗帽子，神情安祥得像睡著一樣。

隨著牧師低沉的讀經聲，數名前來觀禮的神職人員站在遠處，他們神色漠然，一如辦例行公事的樣子，完全不對發生在少女身上的悲劇有任何感慨。

「親愛的天父，我們在此向您祈禱。一個孤單的靈魂離開了這個世界，將要穿越天堂之門到達您的身邊……天父，希望您寬容地接納這可憐的靈魂。」

施洛德站在遠處觀看葬禮，他永遠記得，妹妹是在一個烏雲密佈的陰雨天下葬的。

灰濛濛的天空，加上沉甸甸的陰雲壓著大地，為葬禮帶來了孤獨與悲悽。

施洛德抬頭望著天空，陰雲依舊。過了一會，從密佈的陰雲底下，直直地落下水滴並砸在他的臉頰，沉痛的打濕了他一身灰色西裝。

此時，施洛德心中對伊索德的沉重感情，就完完整整地爆發出來了。

施洛德仰著臉，伸長脖子，好像正對天空傾訴著什麼。一顆水珠從他的側臉滑下，他的表情沒有一絲悲哀，而是非常平靜。

「在棺木入土前，你要不要再看妹妹最後一面？」牧師結束讀經，轉身走向施洛德問道。

施洛德走了過去，單膝跪扶著棺木邊緣，深深凝視伊索德的面容，執起她的手取下戒指，將屬於兄妹倆的兩只戒指緊緊地套在自己右手的食指，並在圍觀的眾人面前，低下身子親吻躺在棺木裡的妹妹。

他將唇淺淺的覆蓋上去，像告別似的吻著她的嘴唇，彷彿在她死後，任何道德良知的規範再也不能拘束施洛德。然而，維持一陣子的親吻之後，那份冰冷從唇擴散到全身，讓施洛德不得不接受眼前的美麗少女只剩下軀殼的事實。

施洛德從親吻妹妹的一瞬間，體會到一件事。其實，他並非痛恨齊格弗里德奪走伊索德的「生命」，而是她的「純潔」。

這點足夠透露出他藏在心裡的秘密——他用自己的生命去愛伊索德，不把她當成妹妹也不是一個女人，他矛盾掙扎，不能違背父母的遺願，將對親生妹妹的愛宣洩出來。因為道德與良知，遲遲不敢告訴她這份心意，讓齊格弗里德趁虛而入，導致他永遠失去了伊索德。

但是，就算她的一縷芳魂已逝，他仍要以吻封緘這份愛意。盼願一切苦難都遠離她的靈魂，好讓他殺死魔鬼後，她能受上帝的眷顧被引入天國。

「伊索德，我向妳發誓，我將今天的日期刻在戒指上，直到我殺了魔鬼……到時候，不管妳在天堂地獄，我都要與妳相聚。」他低語道。

「先生，你這麼做是褻瀆死者，請別擾亂死者的安寧！」牧師規勸道。

施洛德起身看著牧師，臉上浮現淒涼傷感的慘笑。

他搖搖頭，向牧師虔敬地行了一個鞠躬禮，背負著眾人充滿震驚與不諒解的目光離開了墓園。

在那之後，施洛德放棄一切身分，他離開家鄉四處旅行。不曉得過了多少年，他的外表一直沒有改變，他所憎恨的魔鬼就此消失，再也沒有出現。

諷刺的是，當初魔鬼給施洛德唯一的力量，居然變成他唯一的工作。施洛德成為一個能將口述故事成真的說書人，走過一座又一座的城市，說著各式各樣的故事，卻遍尋不著魔鬼的下落。

施洛德知道「齊格弗里德」只是魔鬼眾多身分的其中之一，這些年來，許多事物不斷變換，但是他想除去魔鬼的想法卻一直沒有變過。

「不管魔鬼在哪裡，我都要設法找到並殺了他，因為這是我們之間的遊戲。」

「最後，我只記得那晚的月亮跟現在一樣圓……我為了找到把我妹妹帶走的那個男人，因此離開家鄉踏上旅途……我能感覺他就在我身邊。不管他以什麼身分出現在我面前，只要一有機會，我一定要殺了他為妹妹報仇。」

施洛德發覺這個故事實在太長，他都不曉得自己說了多久，只知道當他從回憶醒來的時候，窗外的天色微微透出明亮的晨光，似是天明。

「安琴小姐？」

他低頭發現安琴倒在床上，睡得很香甜的樣子……看來，他還蠻適合講床邊故事的嘛。

施洛德嘆了口氣，將安琴抱上床並為她蓋好被子，他則重新整理儀容，接著拿起帽子與皮箱走出房門。

他輕輕關上門，眼角瞄到蹲在牆邊的影子。那是一個衣飾整齊，看起來教養極為出色的青年，他心想好像見過這人，但已經記不得對方的名字。

那名青年站了起來，看出施洛德眼中的陌生，便禮貌地說：「您好，我是恩斯

特，請問安琴在裡面吧？她是不是打擾您了？」

施洛德苦笑的指著門，不等恩斯特慌張的開門進去，人就離開了原地。

他在步出洋館大門之際，向擺放在大廳一角的鳥籠吹著鳥笛。被關在鳥籠的貓頭鷹眼中閃爍幾道異樣光芒，牠拍了幾下翅膀，隨即化成一團白光飛出籠子，直到遁入施洛德的箱子，滿室的光芒跟著散去。

施洛德走出豪華的屋邸，他撥開瀰天大霧，初晨天色一片灰暗。

他知道自己的樣子雖然變了，但是心可沒變。不管他嘴上說了多少冠冕堂皇的話，施洛德知道自己的旅行就像走在瀰天大霧裡，他從來沒有走出齊格弗里德為他造的這片濃霧過。

雖然施洛德每次回憶過去，不免帶著悲哀，但是身為說書人的他，心中的願望始終只有一個，那就是親手殺死魔鬼。唯有如此，他才能救伊索德墜入地獄的靈魂得以進入天國。

魔鬼在哪裡，自己就會在哪裡，如果魔鬼身陷地獄，他也要把那個鬼地方搞得人

神共憤！

施洛德突然停下腳步，向身後的景色望去，眼中再度蒙上一層冰冷。

「我在這裡，你還在偷窺我的生命嗎，死神……或者該叫你魔鬼？不管怎樣，我都會讓你知道，不是只有你可以玩弄別人，你總有一天會後悔當初沒有一口氣弄死我。」

「或許我該讓逝去的靈魂安息，我相信任何死者都是寧靜的。但是那些該死，而又沒死成的靈魂會變成什麼？如果有一百種答案的可能，我想你會樂於跟我玩猜謎的遊戲吧，齊格弗里德？」

「我知道你在我身邊打轉，你儘管躲吧，等我找到你，我會很高興的把你打回地獄。不過，那得在我們的『遊戲』結束之後……」

他知道魔鬼一直窺探他的舉動，他在心裡向自己宣誓，總有一天要揪出魔鬼的真面目，並不顧一切殺了魔鬼，即使要以自己的靈魂做為賭注。

說書人獨自走進瀰漫在歌劇城市的大霧，直到他陷了進去，令清晨的第一道曙光驅逐寒冷的濃霧，到它們漸漸散開。

暗沉的天色透出薄亮的光彩，那是一道象徵光明的曙光，也意味著說書人與魔鬼再次決戰之日，逐漸逼近了。

幻影歌劇～綺想曲～完

敬請期待　《幻影歌劇》　魔鬼的顫音

魔鬼誘惑女神，令世界秩序大亂。
歌劇之城降下的瀰天大霧，遮蔽住的究竟是人心，還是躲在暗處窺視的魔鬼？

您好，愉快的夜晚將近尾聲，又是離別的時刻。

下一夜將上演何等震撼人心的節目？

在這之前，請讓我帶領您一窺瑰麗奢靡的人心糾葛。

我是歌劇院的管理人，是能夠實現人心慾望的幻影，也是被那個充滿仇恨的男人緊追不捨的對象。

我追求純粹的罪惡，因為它們讓我感到愉快與喜悅。

我邀請妳到我的世界，品嘗一種跨越愛與恨的純粹溫暖，妳將感受到愛是如此耀眼，令人迷戀。

妳有願望想要實現嗎？請用妳珍貴的靈魂與我交換。

讓我挖掘妳心中吶喊的慾望，當妳破碎的靈魂在愛與絕望中掙扎，最終將成為我摯愛的收藏品。

這個故事，將是下一夜獻給您的禮物，我們就在不久的將來再會吧。

# Komische Oper

# 作者後記

Herzlich willkommen，Komische Oper！

我是烏米，感謝讀者再次捧場，希望第二集《綺想曲》也不讓各位失望。

謝謝讀者們對本作的支持與好評，我和綠川明老師看在眼裡真的非常高興，我們今後會更努力，以創造出更有魅力、更華麗的《幻影歌劇》！

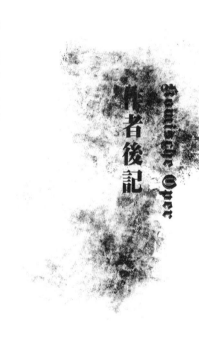

從這一集開始，改成一集一個故事的架構和讀者見面。一方面是自己對故事的私心，另一方面則是想放慢步調好好說故事，希望讀者不會因此覺得看得不滿足！

第二集《綺想曲》講述的是說書人（施洛德）的過去，故事走調屬於灰暗的悲

# 作者後記

劇，同時也揭開了他和魔鬼之間深刻的仇恨序幕，這兩人接下來還有更精彩的對手戲，請讀者們繼續期待。

下一集將會有說書人與魔鬼爭奪某位女性的劇情出現哦！想知道擄獲說書人芳心（咦）的女性的模樣嗎？想欣賞超越本集的愛情場面嗎？請千萬不要錯過第三集的魔鬼傲嬌演出！（來人啊，餵烏小米吃餅）

最後，我們就在第三集《魔鬼的顫音》中再見，Auf Wiedersehen！

# 繪師後記

Komische Oper

我是綠川明，很高興在這裡再次與各位讀者見面。

這段時間收到不少人的鼓勵支持，這些都成為我跟烏米老師努力的源動力，
真的非常的感謝各位！

本次封面是作品中的大反派，同時也算是另一位主角的魔鬼——齊格弗里德。
背後的剪影是說書人（施洛德・戴維安）的妹妹伊索德。

這次故事披露了說書人與魔鬼的相遇與恩怨，是否讓各位在第一集中的疑惑解開

## 繪師後記

了呢。

接下來兩人的彼此追逐（不是沙灘上那種↑喂）也會繼續下去。

最後，還是期待下次與各位的相見！

※每集都有的工商時間（笑）

歡迎到作者的 Blog（http://lr.cp68.net/）上跟我們分享您對本作的心得，預定每集都會有小禮相贈喔！

飛小說。
We Love
Easyfly.

# 飛小說

更多歡樂 更便宜！

## ■幻獸擂台■

幻獸王02

通過職業幻獸師考試的少年們，
獲得了前往全國大賽的入場券。

然而，在眼前等著他們的，
卻是號稱全國第一的幻獸師集團
——長樂會。隨著少年們在比賽中
逐漸獲勝，長樂會長的真實身分也
呼之欲出……不是別人，正是為了
追求永恆的青春而意欲喚醒暗黑魔
神的靈皇！

為了對抗靈皇的強大力量，祺翔和
宇文士分別展開了最終試煉！

進化吧！MOMO！
我們要成為幻獸王！

## ■除靈事務所■

都市鬼奇談02

我是柳暉，
一個失業中的正直青年。

因為太正直了，所以很難找工作
——既然如此，乾脆自己開店做生
意吧。
找一間好的店面是重要的；找一間
又好又便宜的店面是不容易的……
如果你找到了，恭喜你，這間店八
成鬧鬼——至少我這間就是。
沒問題，我曾曾爺爺可是降妖收鬼
的天師！憑著他傳下來的本領，要
收拾個小小女鬼還不是易如反掌
的事？
不過嘛，俗話說得好，人比鬼更可
怕！這小小的鬧鬼事件，居然牽扯
出一樁錯綜複雜的命案。
而且，兇手竟然是……我？

☞您在什麼地方購買本書？☜

□便利商店＿＿＿＿＿□博客來　□金石堂　□金石堂網路書店　□新絲路網路書店

□其他網路平台＿＿＿＿＿□書店＿＿＿＿＿市／縣＿＿＿＿＿書店

姓名：＿＿＿＿＿地址：＿＿＿＿＿＿＿＿＿＿＿＿＿＿＿＿＿＿＿＿＿＿＿＿＿＿

聯絡電話：＿＿＿＿＿電子郵箱：＿＿＿＿＿＿＿＿＿＿＿＿＿＿＿＿＿＿＿＿＿＿

您的性別：□男　□女

您的生日：＿＿＿＿＿年＿＿＿＿＿月＿＿＿＿＿日

（請務必填妥基本資料，以利贈品寄送）

您的職業：□上班族　□學生　□服務業　□軍警公教　□資訊業　□娛樂相關產業

□自由業　□其他＿＿＿＿＿＿

您的學歷：□高中（含高中以下）　□專科、大學　□研究所以上

☞購買前☜

您從何處得知本書：□逛書店　□網路廣告（網站：＿＿＿＿＿＿＿）　□親友介紹

（可複選）　□出版書訊　□銷售人員推薦　□其他

本書吸引您的原因：□書名很好　□封面精美　□書腰文字　□封底文字　□欣賞作家

（可複選）　□喜歡畫家　□價格合理　□題材有趣　□廣告印象深刻

□其他＿＿＿＿＿＿＿＿＿＿

☞購買後☜

您滿意的部份：□書名　□封面　□故事內容　□版面編排　□價格　□贈品

（可複選）　□其他

不滿意的部份：□書名　□封面　□故事內容　□版面編排　□價格　□贈品

（可複選）　□其他

您對本書以及典藏閣的建議＿＿＿＿＿＿＿＿＿＿＿＿＿＿＿＿＿＿＿＿＿＿＿＿

＿＿＿＿＿＿＿＿＿＿＿＿＿＿＿＿＿＿＿＿＿＿＿＿＿＿＿＿＿＿＿＿＿＿＿＿＿

＿＿＿＿＿＿＿＿＿＿＿＿＿＿＿＿＿＿＿＿＿＿＿＿＿＿＿＿＿＿＿＿＿＿＿＿＿

✌未來您是否願意收到相關書訊？□是　□否

✍感謝您寶貴的意見✍

✌From＿＿＿＿＿＿＿＿＿＿＿＿@＿＿＿＿＿＿＿＿＿＿＿＿＿＿＿

♦請務必填寫有效e-mail郵箱，以利通知相關訊息，謝謝♦

**印刷品**

$3.5 請貼 3.5元 郵票

不思議信箱 FUSIGI POST

235 新北市中和區中山路二段366巷10號10樓

# 華文網出版集團 收

（典藏閣－不思議工作室）

幻影歌劇 -komische oper-

綾川明

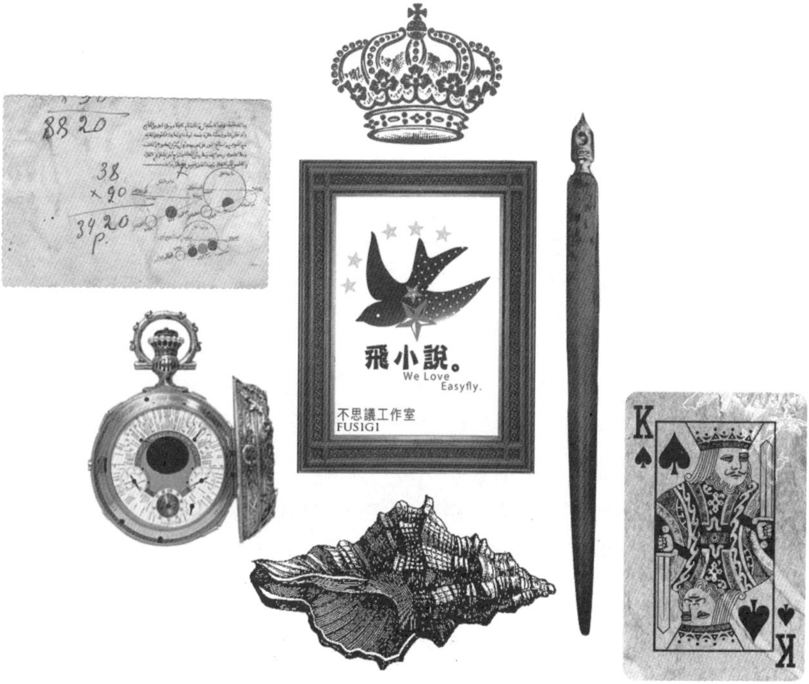
飛小說。
We Love
Easyfly.
不思議工作室
FUSIGI

# 我們改寫了書的定義

董事長　王寶玲
總經理　兼　總編輯　歐綾纖
出版總監　王寶玲
印製者　和楹印刷公司

法人股東　華鴻創投、華利創投、和通國際、利通創投、創意創投、中國電視、中租油和、仁寶電腦、台北富邦銀行、台灣工業銀行、國寶人壽、東元電機、凌陽科技(創投)、力麗集團、東捷資訊

◆台灣出版事業群　新北市中和區中山路2段366巷10號10樓
TEL：02-2248-7896
FAX：02-2248-7758

◆倉儲及物流中心　新北市中和區中山路2段366巷10號3樓
TEL：02-8245-8786
FAX：02-8245-8718

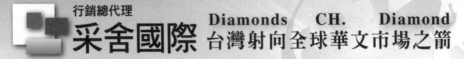

幻影歌劇/烏米作. -- 初版. 一新北市：
華文網，2011.06-
冊； 公分. --(飛小說系列)
ISBN 978-986-271-063-0(第1冊：平裝). ----
ISBN 978-986-271-097-5(第2冊：平裝).

857.7 100008286

# 幻影歌劇 -komische oper-

-綺想曲-

烏米
綠川明

飛小說系列006

# 幻影歌劇02-綺想曲

出版者■典藏閣
作　者■烏米　繪　者■綠川明
總編輯■歐綾纖
製作團隊■不思議工作室
郵撥帳號■50017206 采舍國際有限公司（郵撥購買，請另付一成郵資）
台灣出版中心■新北市中和區中山路2段366巷10號10樓
電　話■(02)2248-7896　傳　真■(02)2248-7758
物流中心■新北市中和區中山路2段366巷10號3樓
電　話■(02)8245-8786　傳　真■(02)8245-8718
ISBN■978-986-271-097-5
出版日期■2011年8月
全球華文國際市場總代理／采舍國際
地　址■新北市中和區中山路2段366巷10號3樓
電　話■(02)8245-8786　傳　真■(02)8245-8718
新絲路網路書店
地　址■新北市中和區中山路2段366巷10號10樓
網　址■www.silkbook.com
電　話■(02)8245-9896
傳　真■(02)8245-8819